LA BALLERINE DE SAINT-PÉTERSBOURG

DU MÊME AUTEUR
CHEZ POCKET

LES SEMAILLES ET LES MOISSONS
1. LES SEMAILLES ET LES MOISSONS.
2. AMÉLIE.
3. LA GRIVE.
4. TENDRE ET VIOLENTE ÉLISABETH.
5. LA RENCONTRE.

HENRI TROYAT

de l'Académie française

LA BALLERINE DE SAINT-PÉTERSBOURG

PLON

ISBN 2-266-10592-2

I

N'en déplaise aux fanas de la chronologie, ma vie n'a pas commencé le 8 août 1876, jour de ma naissance, mais un certain soir du mois de septembre 1885, lorsque mon père m'a présentée, tremblante et muette, à celui qui devait décider de mon avenir. Ils se connaissaient de longue date mais ne se ressemblaient guère. Certes, l'un et l'autre avaient une taille élancée, un visage aux rides aimables, aux cheveux grisonnants et au regard vif, mais les joues de papa étaient glabres et sa lèvre supérieure s'ornait d'une légère moustache aux pointes relevées en crocs, alors que Marius Petipa arborait une barbe poivre et sel, courte, fournie et frisée, qui ajoutait, me semblait-il, à sa prestance. Ils avaient le même âge. Soixante-trois ans bien sonnés. Moi, j'en avais neuf. Au vrai, ce n'était pas la différence entre mon extrême jeunesse et leur vieillesse omnisciente qui me glaçait, mais la réputation de l'homme qui nous recevait dans son somptueux bureau de l'École impériale de danse de Saint-Pétersbourg. Ce que j'avais appris, çà et là, à son sujet aurait pu impressionner une vraie demoiselle férue de potins mondains. Or, je n'étais qu'une enfant et impatiente de ne plus l'être. Je savais par le bavardage des grandes personnes que le célébrissime Marius Petipa, originaire de Marseille, était arrivé en Russie quelque trente-huit ans auparavant, précédé d'une brillante renommée de danseur acquise en France, en Belgique, en Espagne ; que, depuis son premier engagement au théâtre Marie de Saint-Pétersbourg, il avait collectionné les triomphes ; que le tsar le tenait en haute estime ; que toute la Cour raffolait de ses interprétations comme de ses chorégraphies et que, nommé au poste éminent de professeur à l'École impériale, puis à celui de directeur de la Danse, il s'était juré de former des danseuses et des danseurs russes capables de rivaliser avec les étoiles étrangères de passage dans la capitale. Le prestige du magicien Petipa grandissant d'année en année, c'était devenu un honneur, pour des parents à l'esprit large et aux moyens modestes, que d'avoir une fille admise parmi les élèves du maître français de la scène pétersbourgeoise. Trop jeune pour avoir vu aucun de ses ballets, je l'admirais de confiance. Je connaissais du reste par cœur la liste de ses œuvres et le nom des ballerines qui s'y produisaient, car, dans notre famille, la vie des spectacles constituait le fonds inépuisable des conversations. Mon père, Ivan Pavlovitch Arbatov, avait été un mime fameux à l'époque de ma naissance et ma mère, Irina Arbatova, chanteuse d'opérette, avait eu un certain succès, disait-on, dans *La Mascotte* et *La Fille de Madame Angot*. Minée par la tuberculose, elle était morte quand je n'avais que cinq ans. Mais, jusqu'à son dernier souffle, j'avais baigné, grâce à elle et grâce à mon père, dans les cancans sournois et les jalousies légères des coulisses. Je faisais partie des gens de théâtre sans être jamais montée sur les planches. Si ma mère avait vécu plus longtemps, j'aurais peut-être, à son exemple, été attirée par le chant. J'ai encore dans les oreilles le son de sa voix de contralto égrenant des vocalises dans sa chambre, devant sa coiffeuse. Par esprit d'imitation, je tentai moi aussi, dès mes premiers balbutiements, d'esquisser des mines et de fredonner des refrains en me regardant dans la glace. Mais je chantais affreusement de travers. Ma mère riait de mes fausses notes et de mes singeries. Elle aurait pu du moins me corriger et m'apprendre les rudiments de son art. Elle n'en a pas eu le temps. Sa disparition m'a subitement brouillée avec la musique. Tout ce qui me rappelait le passé me faisait mal. Mon père, de son côté, supportait difficilement le choc de cette absence. Par révolte ou par nostalgie, il s'était mis à boire. Ses excès d'alcool s'accompagnaient de crises de colère, d'abattements funèbres ou de pertes de mémoire. Cette déchéance étant de notoriété dans le milieu artistique, on ne l'engageait même plus pour de modestes tournées en province. C'étaient ce désœuvrement et ce dénuement qui l'avaient décidé à tenter une démarche désespérée auprès de Marius Petipa. Dans son esprit, je devais réussir là où il avait échoué. Je savais qu'il comptait sur moi plus que sur lui-même pour nous remettre à flot et cette pensée achevait de me paralyser.

Des propos platement aimables inaugurèrent cette visite. Je trouvai à mon père un air servile de mendiant et à Marius Petipa une attitude à la fois protectrice et méprisante qui m'inquiétèrent pour la suite. Le regard du maître me détaillait froidement comme si j'avais été un morceau de viande à l'étal d'une boucherie. D'emblée, je le détestai. Après m'avoir examinée de face, il tourna autour de moi en grommelant, revint à sa table, s'assit dans son fauteuil, se caressa la barbe, frisa entre deux doigts les extrémités de sa moustache et laissa tomber :

— Elle est bien pâlotte et bien chétive, ta Ludmilla, mon cher !

Je n'ai jamais prétendu être resplendissante comme l'aurore, mais cette remarque du Français m'indigna. Je redressai le menton et, sans un mot, le défiai par bravade. Ce fut moi qui, au bout d'un moment, baissai les yeux. Déjà, mon père volait à mon secours.

— Ce n'est qu'une apparence, murmura-t-il avec empressement. Et puis, elle a une telle passion pour la danse !

Où avait-il pris ça ? Je détournai la tête pour ne pas contredire ce mensonge.

— La passion de la danse ! s'exclama Marius Petipa. C'est ce qu'elles disent toutes avant d'avoir essayé ! Après, les trois quarts changent d'avis. Elles trouvent que c'est bien trop dur !

Il s'exprimait dans un français aux intonations chantantes, que j'étais incapable d'identifier, mais dont je sus plus tard que c'était l'accent du Midi. En ce temps-là, toutes les personnes de qualité, en

Russie, mettaient leur point d'honneur à parler couramment le français. Ma mère avait perfectionné sa connaissance de cette langue en interprétant des opérettes françaises. Elle s'amusait souvent à discuter en français avec mon père et aussi pour n'être pas comprise par notre servante, Aniouta. Cependant, Marius Petipa insistait :

— Tu dis qu'elle aime la danse, mais en a-t-elle déjà quelques notions ?

— Oui, oui ! s'écria mon père. Sa mère lui a appris quand elle était toute petite...

C'était encore un mensonge !

— Dommage, trancha Marius Petipa en amorçant une grimace.

— Pourquoi ?

— Je préfère toujours travailler dans le neuf !

Immédiatement, mon père rectifia le tir :

— Ce n'étaient jamais que des indications sommaires, le minimum qu'on peut attendre de la grâce féminine !...

— Bon, bon, dit Marius Petipa en riant. Nous verrons ça le moment venu ! Pour l'instant, je ne puis rien promettre. Il y a des règles à observer. Je vais inscrire ta Ludmilla pour une visite médicale. Puis on lui fera passer un petit examen d'aptitude. Après seulement, nous saurons si elle peut suivre régulièrement les cours de l'École ou s'il est préférable pour elle de se consacrer à d'autres activités. Il est évident que je serais heureux de te faire plaisir, mais n'attends de moi aucune complaisance. Dès qu'il s'agit du service de l'art, je suis impitoyable. J'aime trop mon métier pour l'exercer avec gentillesse et je sais que tu me comprends !

— Bien sûr ! balbutia mon père avec une expression dubitative. Je compte sur une franchise absolue de votre part !

Je notai au vol qu'il disait vous à son interlocuteur, alors que celui-ci le tutoyait rondement. Marius Petipa lui appliqua une tape sur l'épaule et ajouta avec une moue de sympathie distraite :

— Ne te tourmente pas, mon cher. Et ramène-moi Ludmilla demain matin, à 10 heures précises. Je préviendrai le médecin de l'École pour qu'il l'examine. Et, si elle est admise, je l'inscrirai au cours préparatoire d'Olga Stassova. C'est un excellent professeur pour les débutantes. Elle prendra soin de ta sauterelle !

Quand était-il sincère ? Quand il fronçait les sourcils et donnait de la voix ou quand il distillait du miel pour faire oublier l'amertume de l'absinthe ? Qualifiée par lui de sauterelle alors que je m'imaginais plutôt en libellule, je me contraignis à sourire par politesse. Mon père souriait, lui aussi. Il paraissait aux anges. Et cela augmentait mon dépit.

En rentrant à la maison, j'étais furieuse contre Marius Petipa, à qui je reprochais, à part moi, de nous avoir traités de haut, comme si nous étions venus à lui en quêteurs d'obole. Mais mon père jubilait :

— L'affaire est dans le sac ! dit-il en français après avoir refermé sur moi la porte de l'appartement.

Je me demandai si ce n'était pas moi qu'il venait d'enfoncer, la tête la première, dans un sac où je finirais étouffée.

Ce soir-là, l'excitation de mon père était telle qu'il but sans retenue au cours de notre dîner tête à tête. C'était, comme toujours, la vieille Aniouta, mon ancienne nourrice, qui nous servait à table. Tout à coup, mon père reposa le cinquième verre de vodka qu'il avait vidé d'un trait et, les yeux embués, la lippe pendante, me parla gravement. Il commença par se plaindre de n'avoir plus les moyens de subvenir à mon éducation, ni d'ailleurs à notre existence à tous deux, et d'être obligé par les circonstances de compter sur moi pour nous tirer d'affaire.

— Si Marius Petipa veut bien s'occuper de toi, s'il fait de toi une grande ballerine, nous n'aurons plus de soucis ! grogna-t-il. Autrement, ce sera la culbute. Tu vois l'enjeu... Tout dépend de toi. Travaille bien, obéis-lui en tout et nous serons sauvés ! Je sais qu'il est favorablement disposé à ton égard, à cause de moi, de mon passé de comédien... Mais ça ne suffit pas... Il nous l'a fait comprendre tout à l'heure. Impitoyable ! Il sera impitoyable !

Tout en parlant, il se versa un sixième verre de vodka, le but d'une rasade et fit entendre un léger clappement. Sa langue s'empâtait. Son regard chavirait. Il eut un hoquet et se mit à pleurer en répétant le nom de maman comme une litanie :

— Irina, Irinotchka... Pourquoi nous as-tu laissés au bord de la route ? Sans toi, je ne sais plus mettre un pied devant l'autre. Je voudrais m'endormir et ne pas me réveiller. Tu devrais parler à Petipa, de là-haut, pour qu'il la prenne. Toi, il t'entendrait... Fais-le pour nous... De là où tu es, tu le peux encore ! Mieux que nous, sans doute...

J'avais pitié de lui. Et un peu honte aussi, à cause d'Aniouta qui l'écoutait, car il divaguait en russe maintenant. Pour couper court à ses lamentations, je l'embrassai et le soutins pendant qu'il se levait de table.

— Si c'est pas malheureux, Seigneur Jésus-Christ ! grommelait Aniouta. Et devant sa fille, encore ! Le ciel se détourne de nous, pauvres pécheurs !

Elle soupirait de toute la poitrine en guidant mon père vers sa chambre. Je l'aidai à le mettre au lit. Elle murmurait toujours :

— Si c'est pas malheureux ! Si c'est pas malheureux !

— Laisse-le ! m'exclamai-je. Tu ne peux pas comprendre ! Il a le cœur si gros que ça déborde !

— Tout à l'heure, c'est son estomac qui débordera, dit-elle sévèrement. Quand un grand désespoir le frappe, l'homme a le choix entre deux remèdes : la prière ou la vodka. Il a préféré la vodka. C'est bien dommage pour toi, ma petite !

A peine couché, mon père s'endormit pesamment. Je suivis Aniouta dans la cuisine pour l'aider à laver et ranger la vaisselle. Puis, comme d'habitude, je me recueillis devant la vieille icône familiale et implorai la Sainte Vierge de veiller sur la santé de mon père et sur mon propre sommeil. J'ajoutai mentalement quelques mots pour inciter la mère de Dieu à rendre visite cette nuit à M. Petipa et à lui recommander, sous les effets d'un songe agréable, de prendre la petite Ludmilla Arbatova en qualité d'élève à l'École impériale de danse. Aniouta voulut me border dans mon lit. Je refusai fièrement. Je n'étais plus une enfant. Pourtant, je fus soulagée quand, avant de se retirer, notre chère servante me bénit d'un signe de croix comme ma mère le faisait jadis et comme mon père le faisait encore parfois quand il était à jeun. J'eus beaucoup de mal à m'endormir. Plongée dans le noir, je dansais à en perdre le souffle, j'entendais des tonnerres d'applaudissements et je remerciais Marius Petipa qui, le temps d'un rêve, avait fait de moi l'étoile de sa troupe.

Le lendemain matin, rendue à la réalité, je retrouvai intactes mes appréhensions de la veille. Mon père avait cuvé sa vodka et moi mes songes de la nuit. Dégrisés, réconciliés avec nous-mêmes, nous prîmes ensemble le chemin de l'École. Je savais ce que signifierait, dans quelques minutes, notre séparation au seuil de cet établissement prestigieux. Si j'étais admise parmi les élèves d'Olga Stassova, sous la haute autorité de Marius Petipa, mon sort se jouerait, d'année en année, entre ces murs vénérables. L'École de danse des Théâtres impériaux dépendait directement de Sa Majesté. Les pensionnaires, garçons et filles, étaient pris en charge par l'Administration, qui s'occupait d'eux du matin au soir. Les cours de danse, aussi bien que ceux de russe, de français, de mathématiques, d'histoire générale, de géographie et d'histoire de l'art, étaient dispensés sur place. Les vêtements, les fournitures scolaires, les repas, les soins médicaux, tout était réglé sur la cassette personnelle du tsar. Plus tard, devenus professionnels, les élèves touchaient des cachets substantiels dont le chiffre dépendait des services rendus par les intéressés à la cause de la chorégraphie. C'était parmi eux que le maître de ballet en titre, M. Marius Petipa, choisissait les interprètes des différents spectacles qu'il montait dans la capitale. Tout dépendait de ce Français omniscient et omniprésent et du directeur des Théâtres impériaux, un certain Ivan Vsevolojski, dont ma mère disait déjà que c'était un homme de goût et de savoir, mais un courtisan empressé. Ce seraient donc lui et Marius Petipa qui désormais, à l'exclusion de mon père, régneraient sur mon destin. Aujourd'hui encore, je pense que, au long de sa vie, mon père a cédé sa place aux autres. Il s'est toujours arrangé pour fuir les responsabilités. C'était, disait-il, par expérience et par philosophie. Je crois plutôt que c'était par souci de tranquillité ou par lâcheté naturelle. Comment lui en vouloir ? C'était mon père. Je lui dois tout. Au moment d'affronter les gens de l'École de danse, c'était donc à lui que je me raccrochais. Dans la lumière brumeuse du matin, la rue du Théâtre s'étirait, large, vide, froide comme mon avenir.

Devant l'entrée de l'École, mon père m'embrassa et me souhaita bonne chance. Il feignait une assurance joyeuse, mais je le devinais aussi inquiet que moi. J'eus soudain l'impression d'être devenue, pour la seconde fois, orpheline. Je lui sautai au cou. Il me repoussa avec douceur et fermeté :

— Va vite ! Oublie-moi ! Oublie-nous !

— C'est impossible ! m'écriai-je.

— Mais si ! Tu verras, tu ne dois plus penser qu'à la danse !

— Est-ce que ça suffit, la danse, pour remplacer un papa, une maman, la maison ?

— Il paraît que oui ! dit mon père avec une brusque mélancolie. Ta maison, elle est ici, maintenant.

Il me pinça le lobe de l'oreille, tourna les talons et s'éloigna d'un pas lourd. Je le suivis des yeux. A deux reprises, il vacilla sur ses jambes. Sans doute, malgré l'heure matinale, avait-il bu pour se donner le cran de m'accompagner. Écrasée par la façade solennelle de l'immeuble, je ne savais plus si j'allais entrer dans un palais ou dans une prison. En franchissant le seuil, je fus accueillie par les notes d'un piano, qui rythmaient quelque invisible exercice de danse. Toute la maison sautillait gaiement, me semblait-il, aux sons de cette musiquette entraînante. Dodelinant de la tête en mesure, je souris dans le vide et oubliai mon pauvre ivrogne de père qui se hâtait de rentrer chez lui où l'attendaient la solitude, la vodka et le souvenir de maman.

II

Le médecin de l'École m'ayant reconnue apte à supporter l'apprentissage intensif de la danse, je dus subir, devant un jury présidé par M. Marius Petipa, l'examen d'entrée dans l'établissement. Quatre fillettes se présentaient à l'épreuve en même temps que moi. Mme Stassova, chargée de nous diriger, nous fit marcher en mesure, bondir, tourner, courir au son d'un piano afin que nous mettions en valeur notre grâce naturelle. Pendant nos évolutions, j'eus l'impression que M. Marius Petipa m'observait avec une curiosité amusée. Quand nous nous arrêtâmes enfin, à bout de souffle, Mme Stassova nous dit sèchement de nous retirer et d'attendre, dans la pièce voisine, le résultat des délibérations. Un quart d'heure plus tard, elle vint à nous et nous annonça que j'étais la seule du groupe à avoir été retenue. Les autres pouvaient se rhabiller et partir. Tandis que les exclues faisaient la grimace, accablées par leur échec, Mme Stassova m'apprit encore que, sur l'avis favorable du jury, je serais admise à l'essai pour une durée d'un an dans la classe préparatoire et que, à l'issue de ce délai, mes professeurs décideraient si je devais être inscrite définitivement, comme pensionnaire, à l'École impériale de danse. Dans ce cas, il m'appartiendrait de justifier par mon talent et mon application les espoirs que la direction aurait mis en moi. Elle me dit aussi que les études se poursuivraient, de classe en classe, pendant au moins quatre ans et que l'avenir des élèves, en sortant de l'École, serait toujours la juste récompense de leur docilité. A l'entendre, une fois engagées comme ballerines dans la troupe des Ballets impériaux, les danseuses demeureraient vingt ans « en service », après quoi elles recevraient une « pension » et le droit de signer des contrats « à l'extérieur ». Il y avait une telle raideur dans l'énoncé de ces obligations et de ces avantages que déjà ma joie et ma fierté se muaient en panique. Il me semblait que mon insouciance d'hier était menacée, qu'une dure discipline militaire allait s'abattre sur mes épaules, que je n'entrais pas dans les coulisses d'un théâtre, mais dans la caserne d'un régiment. Le visage chevalin de Mme Stassova, sa maigreur hargneuse, son regard vindicatif accentuaient la rigueur de ses propos. L'idée me traversa soudain d'écrire à mon père pour le supplier de me reprendre à la maison. Tandis que j'imaginais la lettre désespérée que je lui enverrais, les fillettes recalées vinrent me dire adieu. Elles soupiraient, reniflaient, bredouillaient et je compris qu'elles enviaient ma chance. Quand elles eurent passé la porte, Mme Stassova s'assura de leur départ, se tourna vers moi et changea de figure. Elle souriait.

— Nous voici entre nous, dit-elle. Elles sont tristes, les pauvres ! C'est la loi dans le monde artistique ! Et vous, Ludmilla, êtes-vous heureuse ?

Je n'eus pas le courage de lui avouer mon désarroi.

— Oui, oui, bien sûr ! balbutiai-je.

— M. Marius Petipa a trouvé que vous aviez beaucoup de grâce dans vos mouvements. Je vous le confie parce que, d'habitude, il est avare de compliments !

Ces simples mots me bouleversèrent. Mon angoisse disparut, noyée sous un flot d'allégresse. Certes, je souffrais encore à la perspective d'être, du jour au lendemain, exilée de la maison familiale et plongée dans un univers inconnu et peut-être hostile. Mais, en même temps, la pensée d'être appréciée par M. Marius Petipa me comblait d'un tel orgueil que j'en oubliai un peu le chagrin d'être séparée de mon père. D'ailleurs, anxieux du résultat, il m'attendait dans la petite salle réservée aux visiteurs. Il était venu aux nouvelles sans m'en avertir, afin de ne pas me troubler avant mon passage devant le jury. Quand il me serra dans ses bras avec emportement, je fus si contente de lui avoir offert cette joie sur ses vieux jours que, pour la première fois depuis des années, je songeai que je n'avais plus besoin de maman pour être pleinement heureuse. Cependant, mon père, tout en me félicitant, s'efforçait de tempérer mon enthousiasme.

— Rien n'est encore gagné ! répétait-il. Le plus dur est devant toi. Serre les dents, ma chérie...

— Compte sur moi, lui répondis-je. Je retomberai toujours sur mes pieds !

Au milieu de cette exaltation, je ne savais plus lequel de nous deux perdait délicieusement la jugeote.

En vérité, mon accoutumance à la discipline quotidienne de l'École fut plus rapide que je ne l'avais supposé. La stricte régularité des horaires m'empêchait de réfléchir aux inconvénients de ma nouvelle existence. Trouvant à peine le temps de souffler entre deux cours, je n'avais pas le loisir de m'apitoyer sur mon sort, ni même de m'abandonner à quelque rêverie secrète. Dès 8 heures du matin, la lourde sonnerie d'une cloche secouait tout le dortoir. Chaque pensionnaire avait son lit séparé par un léger rideau du lit de ses deux voisines, avec, au-dessus, son icône personnelle. La surveillante de nuit était déjà debout, elle nous houspillait, nous tirait, l'une après l'autre, hors des draps et assistait, vigilante, à nos ablutions. Notre toilette se faisait à l'eau froide, en toute saison. Les dents, les oreilles, le cou, les pieds, les mains, tout était soumis à une scrupuleuse inspection par la gardienne des mœurs et de l'hygiène des pensionnaires. Ensuite, récurées jusqu'au bout des ongles, vêtues de la réglementaire robe marron à collerette blanche, les cheveux coiffés en tresses, nous nous rassemblions pour la prière en commun. Désignée la veille par la surveillante, l'une d'entre nous, à tour de rôle, récitait les paroles sacrées. Après avoir satisfait à cette pieuse obligation, nous nous rendions, en rangs par deux, au réfectoire, où nous attendaient un bol de thé brûlant, des petits pains mollets, du beurre frais et parfois même de la confiture. Nous avalions cette collation, en faisant durer le plaisir, sous le regard indifférent de l'empereur Alexandre III et de l'impératrice Marie Fedorovna, dont les portraits ornaient le mur, au fond de la salle. A ces brefs instants de détente succédaient la torture et l'ivresse des cours de danse.

Au vrai, je recherchais et je maudissais à la fois ce martyre quotidien. Le plus difficile pour moi était l'apprentissage des pointes. Juchée sur mes orteils tendus verticalement, je serrais les dents pour ne pas hurler, car la douleur remontait dans mes os jusqu'aux chevilles et aux mollets. Puis, de jour en jour, je constatai que cette pose contre nature me devenait plus familière et qu'il m'était déjà possible de faire quelques pas sur les pointes avec aisance et précision. Chaque victoire remportée sur ma souffrance m'exaltait comme une revanche qui me rapprochait des « grandes ». Les exercices que j'avais détestés à mes débuts me paraissaient à présent supportables, voire bénéfiques. Je savais d'instinct que ces épreuves initiatiques conduisaient au paradis du théâtre. Essoufflée et radieuse, j'aimais me regarder dans la glace murale, au milieu d'une rangée d'élèves vêtues de la même tunique, accomplissant en même temps les mêmes mouvements, la main sur la barre, la jambe levée et abaissée en cadence. Dardant sur nous ses yeux intransigeants, Mme Stassova marquait la mesure en frappant le parquet avec sa canne. A ses côtés, un vieux pianiste voûté, lunetté et barbichu s'efforçait de mettre du sentiment dans la cascade de ses accords. Bien que russe, Mme Stassova criait ses ordres en français, car le français était — et est encore ! — la langue universelle de la danse.

— Fouetté !... Enchaînement !... Arabesque ! commandait-elle d'une voix rocailleuse.

Et nous obéissions, transpercées d'élancements qui nous brisaient les phalanges des doigts de pied et terrorisées à l'idée de déplaire à notre bourreau. Après les exercices en groupe, nous passions aux exercices individuels. J'avais beau m'appliquer, Mme Stassova semblait toujours mécontente. Son mépris pour nos efforts était égal à la perfection qu'elle attendait de nous. Dans mes accès de révolte, je me disais que cette femme prenait un plaisir sadique à imposer à mes jambes, à mes pieds, à mes bras, à tout mon corps des mouvements qui les disloquaient et dont une créature normale n'avait que faire. Quand d'aventure j'osais lui demander la permission de m'arrêter quelques secondes pour reposer mes membres endoloris, elle se fâchait :

— Tant que vous flancherez aux premiers signes de fatigue et aux premiers bobos, vous ne serez pas digne de monter sur les planches. Il faut savoir ce qu'on veut ! Si vous avez l'ambition de devenir danseuse, vous devez dès à présent accepter une discipline de fer. Plus vous aurez mal, et plus vous vous rapprocherez du but recherché. Vous êtes en train de gagner un pari contre vous-même, et c'est ça qui est important !

Un jour, payant de hardiesse, je lui montrai des taches suspectes sur mes chaussons de danse. La suppuration sanguinolente de mes orteils avait fini par transpercer le tissu. Au lieu de me plaindre, Mme Stassova déclara d'un ton énergique :

— Bravo, Ludmilla ! C'est le métier qui rentre !

Il est vrai que, le lendemain, elle m'apprenait à faire des compresses d'eau froide sur mes doigts de pied pour atténuer la souffrance. Cette soudaine mansuétude m'encouragea. J'étais tellement obsédée par l'envie d'avoir « des orteils d'acier », comme disait Mme Stassova, que je me surpris, peu après, à regretter que les cours de danse fussent limités à une heure et qu'il fallût les interrompre pour suivre des cours de russe, de français, d'arithmétique, d'histoire ou de géographie. Bientôt, même les « promenades de délassement », par petits groupes, dans le jardin de l'École m'ennuyèrent. J'avais hâte de me retrouver à la barre, devant la grande glace murale, et d'entendre la musique allègre du vieux pianiste, ponctuée par les ordres et les coups de canne de Mme Stassova sur le plancher. L'air sentait la poussière, la sueur et la colophane. L'immense miroir me renvoyait impitoyablement l'image de mes moindres défauts, mais aussi, me semblait-il, celle de mes progrès dans un art qui était devenu pour moi, à mon insu, une seconde religion. Sans le savoir, je m'étais convertie à la danse comme à une foi nouvelle, indiscutable, étincelante et exigeante. Prête à tout lui donner, j'attendais tout d'elle en retour.

Pourtant je n'étais encore qu'une « élève à l'essai », une « postulante », et je me desséchais d'impatience et d'angoisse en comptant les jours qui me séparaient de la grande épreuve, à l'issue de laquelle je serais soit admise définitivement parmi les pensionnaires de l'École impériale de danse, soit rejetée dans les ténèbres extérieures. Mes prières n'avaient plus pour objet que la réussite à cet examen de passage après l'année probatoire. Dieu fut-il sensible à la ferveur de mes supplications ou est-ce le jury qui, sans aucune recommandation céleste, se laissa convaincre par mon petit talent de débutante ? En apprenant le verdict que j'avais tant espéré, je crus m'évanouir de joie. Les murs de la salle de répétition ondulaient devant mes yeux. Je dus m'appuyer à l'épaule de mon partenaire pour ne pas tomber. Surpris par cet accès de faiblesse, un des examinateurs se pencha vers Marius Petipa et lui dit si nettement que j'entendis chaque mot à travers le bourdonnement de mes oreilles :

— N'est-elle pas trop émotive pour la scène ?

— Une danseuse n'est jamais trop émotive quand elle possède assez de technique pour dominer ses sentiments en même temps qu'elle les exprime ! répondit Marius Petipa. Rappelez-vous l'excellente Catherine Telechova : que de fois n'avons-nous pas cru qu'elle était sur le point de se trouver mal, alors qu'elle savourait son triomphe et préparait la variation suivante ?

Ils rirent tous deux et je compris que j'étais définitivement acceptée. Grâce à Marius Petipa. Aujourd'hui encore, en me remémorant cette folle journée, c'est lui que je remercie en silence. Comme si mon application, ma séduction enfantine n'avaient été pour rien dans la décision collégiale et que, sans lui, je ne serais même pas née à la danse.

Dès le lendemain de l'épreuve, une nouvelle vie commença pour moi, dans les mêmes murs et parmi les mêmes visages. Certes, ni la discipline scolaire ni les exercices à la barre n'avaient changé. Mais j'avais gravi un échelon. Ma voie était désormais tracée, étape par étape. Je pouvais raisonnablement rêver d'un vrai destin de ballerine, avec, sans doute, beaucoup de travail et un juste tribut de gloire.

De loin en loin, Marius Petipa rendait visite à notre classe. Ces rares apparitions du maître me mettaient chaque fois dans un état de transe où il entrait de l'inquiétude, de l'espoir et de la dévotion. Je dansais pour lui avec l'impression de lui offrir le meilleur de moi-même. Il avait toujours, en me regardant, cet air ironique et paternel que j'aimais tant ! Je n'imaginais pas de plus grand bonheur que de l'entendre dire, comme il le faisait parfois : « C'est bien ! Continue ainsi et nous ferons de toi une seconde Maria Taglioni ! » La sévère Mme Stassova se ratatinait en sa présence, jusqu'à devenir aussi insignifiante qu'un cloporte. Quand il quittait la salle, je retombais dans la pénombre et l'anonymat, mais sans renoncer à l'éblouir la prochaine fois qu'il viendrait nous voir travailler. Il me semblait même que, au-delà des mots, il y avait entre lui, chorégraphe illustre, et moi, misérable petite élève de deuxième année de l'École impériale de danse, une complicité dont personne ne s'était encore avisé. Je n'étais pas la seule, parmi mes compagnes, à lui trouver du charme, malgré ses rides et sa barbe grisonnante. A croire que le talent et la renommée peuvent assurer à un homme vieillissant une éternelle séduction dans le cœur des très jeunes filles.

En ce qui me concerne, je ne m'intéressais nullement aux élèves masculins de l'École. L'établissement en comptait une quarantaine, alors que nous autres, les futures ballerines, étions près de soixante. Bien entendu, chaque sexe était confiné dans son domaine et les rencontres étaient strictement contrôlées. Ainsi, nous logions à l'entresol et les garçons à l'étage au-dessus, nous prenions nos repas séparément, nous nous promenions à des heures différentes et, pendant les cours d'ensemble, il nous était défendu de bavarder et même d'échanger un regard avec nos partenaires à l'occasion des figures imposées par nos professeurs. Cela n'empêchait pas la plupart de mes compagnes d'avoir un « flirt silencieux » avec certains élèves de l'étage supérieur. Elles en parlaient entre elles, le soir, à voix basse, et je m'amusais de cette émulation dont je m'étais volontairement exclue. Réfugiées dans un coin du dortoir, elles se questionnaient l'une l'autre avec fièvre, renchérissaient sur leurs confidences réciproques, inventaient des signaux mystérieux entre elles et l'élu de leur cœur. Par souci de bienséance, le vouvoiement était de règle à l'École, même parmi les camarades de classe. Mes condisciples surexcitées émaillaient leurs conversations de phrases telles que : « Avez-vous remarqué la drôle d'expression de Serge pendant notre pas de deux ? Il me dévorait des yeux ! Un de ces jours, il exagérera et se fera pincer ! » Ou bien : « J'ai l'impression que vous vous êtes refroidie, ma chère, envers Kostia. Qui adorez-vous maintenant ? » Car le fin du fin, pour la majorité des filles, c'était d'avoir quelqu'un à « adorer ». Une fois la lumière éteinte et la surveillante retirée derrière son rideau, à l'autre bout de la salle, les chuchotements entre amoureuses esseulées se faisaient plus pressants. Chaque pensionnaire avait sa « préférée », appartenant généralement à la classe des « grandes », sa « petite mère », comme nous les appelions, qui venait s'asseoir au bord de son lit pour quelques minutes de papotage nocturne. Je me souviens qu'à l'époque de mes onze ans et demi (deux bonnes années après mon entrée à l'École) j'avais comme « petite mère » la charmante Tatiana Vlassova, de trois ans mon aînée, qui soupirait après un certain Vassili Bourbakov, long gaillard dégingandé, un peu plus âgé qu'elle. Sur le point d'achever ses études, il allait quitter l'École à la fin de l'année. Compte tenu de ses bons résultats, on l'avait engagé, dès le mois d'octobre prochain, dans le corps de ballet du théâtre de Moscou qui, tout comme le théâtre Alexandre de Saint-Pétersbourg, dépendait de la direction des Théâtres impériaux. Tatiana se disait désespérée par cette séparation d'avec son cavalier servant, alors qu'ils n'avaient pas encore pu se parler pour de bon.

— Vous comprenez, Ludmilla, murmurait-elle, plus on se tait en amour et plus le sentiment grandit. Tous les poètes le chantent ! C'est parce que Vassili et moi ne nous sommes jamais rien avoué que notre entente est si forte ! Et maintenant, il ira habiter Moscou, et tout sera cassé !

— Oui, bien sûr, c'est affreux ! disais-je sans grande conviction.

— Et vous, qui adorez-vous ? me demanda-t-elle soudain.

Prise au dépourvu, j'hésitai un moment, puis laissai tomber du bout des lèvres :

— Personne !

— C'est incroyable ! Quel âge avez-vous donc ?

— Bientôt douze ans !...

— C'est l'âge où le cœur s'éveille ! Moi, c'est à cet âge-là que j'ai commencé à adorer ! Mais peut-être que vous êtes froide comme un glaçon !

Ce soupçon injurieux me fouetta.

— Je ne suis pas un glaçon ! balbutiai-je avec indignation. Au contraire, je... je brûle ceux que j'approche... Ou alors, c'est moi qui me brûle à eux...

— Et, en ce moment, pour qui brûlez-vous ?

Je cherchai le regard de Tatiana à travers la pénombre et prononçai dans un souffle :

— M. Marius Petipa !

Tatiana eut un mouvement de recul et faillit tomber de mon lit, au bord duquel elle était assise.

— Ce n'est pas possible ! bredouilla-t-elle.

— Pourquoi ?

— Mais parce que... parce qu'il est vieux !

Je relevai le défi. Des ailes me poussaient dans le dos. J'étais soudain l'ange de la révolte.

— Ça ne change rien ! dis-je. C'est peut-être même parce qu'il n'est pas jeune que je l'adore !

En « petite mère » charitable, Tatiana tenta de me raisonner :

— Prenez garde, Ludmilla ! Ce beau rêve ne peut vous conduire à rien. Évidemment, M. Petipa est encore bel homme, mais vous n'avez pas douze ans !...

— Ce n'est pas la peine de me le rappeler !

— Et malgré ça... Pauvre petite !... Réfléchissez !... M. Marius Petipa est marié, il aime sûrement sa femme... Il a de grands enfants ! Vous ne pourrez pas faire votre vie avec lui !...

— On n'a pas besoin d'habiter avec quelqu'un, d'embrasser quelqu'un pour faire sa vie avec lui ! affirmai-je.

Cette exclamation m'avait échappé. Je craignis d'avoir été entendue de tout le dortoir, et peut-être même de la surveillante. Mais le silence qui suivit me rassura.

— Vous avez sans doute d'autres motifs que je ne veux pas connaître. Toutes les folies du sentiment sont respectables ! concéda Tatiana en m'embrassant. Ne parlons plus de ça...

Nous restâmes encore un instant dans les bras l'une de l'autre. Puis Tatiana regagna son lit, qui était à l'autre extrémité de la pièce, et je me recroquevillai dans le mien. Tout en m'étonnant d'avoir osé parler de Marius Petipa à Tatiana, je ne regrettai pas de l'avoir fait. Il me semblait même que cet aveu m'avait libérée du poids qui pesait sur ma conscience. A compter de cette minute, je sus que le personnage le plus important dans mon existence serait ce Français de Marseille, à la barbe élégante et au regard vif, ce dieu de la scène que toutes les élèves de l'École, même celles de dernière année, n'abordaient qu'en tremblant. Inconsciemment, je le comparais à mon père. Mais mon père était un comédien malchanceux, qui s'était mis à boire. Et le héros de mes pensées était la coqueluche de Saint-Pétersbourg. Je plaignais le premier, j'admirais le second. Et l'un venait au secours de l'autre dans ma cervelle divagante. Je m'endormis avec la consolante certitude d'avoir doublement raison en dédiant ma vie à la danse et mon cœur à Marius Petipa.

III

De semaine en semaine, je me livrais davantage à mon exaltation chorégraphique. Mon ambition d'égaler les plus fameuses ballerines d'Europe augmentait à mesure que diminuait mon intérêt pour tout ce qui n'était pas la danse. Le monde vrai était, à mes yeux, celui du charmant trompe-l'œil de la scène, et le monde irréel celui qui s'étendait au-delà des murs de l'École, avec sa banalité et ses évidences. Chaque jour, en soumettant mon corps à la torture méthodique des exercices, j'exigeais de lui de nouvelles prouesses qui me rapprocheraient d'une exécution impeccable. Ma tête, mon cœur et mes muscles ne faisaient qu'un dans la quête de la perfection. Le travail à la barre tenait pour moi, tout ensemble, de la mortification et de la prière. Si je me félicitais d'accomplir déjà correctement les arabesques, les attitudes, les élévations, je rêvais d'atteindre à la virtuosité de telle ou telle étoile, fameuse pour ses trois tours sur les pointes, répétés à quatre reprises, ou pour ses trente-deux fouettés qu'elle enchaînait sans cesser de sourire au public. En fait, si mon but demeurait immuable, mes professeurs changeaient d'une année à l'autre, d'une classe à l'autre. De Mme Stassova, je passai à Alexandre Gorski, à Lev Ivanov, à Enrico Cecchetti, sans compter quelques autres enseignants de moindre importance. Mais, bien que chacun d'entre eux eût sa méthode, tous étaient plus ou moins subordonnés aux directives de Marius Petipa.

A intervalles réguliers, le maître des maîtres nous rendait visite pendant nos cours d'ensemble, afin de constater nos progrès et de relever nos maladresses. Je guettais ses apparitions avec une impatience craintive. Plus j'avançais en âge et plus je ressentais le besoin d'être observée et jugée par lui. Sans doute était-ce la même soif d'approbation qu'éprouvent les âmes pieuses face à leur confesseur : la recherche d'un appui supérieur, ou plutôt le désir d'arriver, par une discipline féroce, à l'excellence morale chez les dévotes, à la perfection plastique chez moi. Peut-être d'ailleurs ces deux activités, d'apparence antinomique, n'en forment-elles qu'une seule dont l'aboutissement est l'alliance radieuse de l'esprit et de la chair. Je dois reconnaître que, malgré l'incertitude qui m'assaillait parfois, je ne m'attirais jamais la moindre remarque désobligeante lors des passages de Marius Petipa dans notre classe. Ses hochements de tête paternels, ses moues indulgentes m'aidaient à reprendre confiance jusqu'à sa prochaine tournée d'inspection.

Bien entendu, de temps en temps, les pensionnaires recevaient l'autorisation de se rendre pour la journée (généralement le dimanche) dans leur famille. Je voyais donc mon père à cette occasion. Mais nos rencontres étaient toujours décevantes. Il me parlait de gens que je ne connaissais pas et moi j'essayais de l'intéresser à des performances chorégraphiques qu'il était incapable de comprendre. A notre insu, nous devenions étrangers l'un à l'autre. Au lieu de nous unir, la danse nous séparait. Après chaque entrevue avec lui, je regagnais l'École avec soulagement, comme si j'étais une exilée retrouvant sa patrie.

Il y avait pourtant, dans mon existence d'élève cloîtrée, obsédée et surentraînée, une cérémonie presque aussi émouvante que celle de la vérification par Marius Petipa de mes derniers progrès. Toutes les élèves brûlaient de participer, même comme figurantes, à quelque spectacle d'un des théâtres impériaux. J'allais avoir treize ans lorsque je fus choisie, avec cinq de mes camarades de classe, pour une brève apparition dans le ballet de *Don Quichotte*, dont la chorégraphie était de Marius Petipa. Nous étions censées représenter des angelots symboliques, des cupidons aériens surgissant inopinément dans le jardin de Dulcinée. Ce serait mon baptême sur les planches. De répétition en répétition, ma tête s'enflait d'orgueil et mon cœur se serrait de trac. Oubliant l'extrême minceur de mon rôle, je me figurais tour à tour que le public, debout, m'applaudissait à tout rompre et, aussitôt après, que je fuyais dans les coulisses, poursuivie par les quolibets et les sifflets d'une multitude indignée. Je dormis à peine durant les trois nuits précédant mon « intronisation ». Au jour dit, une surveillante nous réunit et nous nous enfournâmes, à six, dans une grande voiture fermée, aux rideaux baissés, qui nous emmena au théâtre Alexandre. L'établissement était si proche de l'École que nous aurions pu nous y rendre à pied. Mais il fallait respecter la règle qui nous assimilait à des moniales. Autre innovation : pour la première fois, ma place au théâtre n'était pas dans la salle, parmi les spectateurs, mais sur le plateau, parmi celles et ceux dont le métier était de divertir et de charmer les foules. J'interprétai ce brusque changement de destination comme le signe d'un branle-bas définitif dans mon itinéraire. Je n'étais plus la même, puisque j'étais passée de l'autre côté de la rampe. Et je n'avais qu'à regarder mes camarades pour deviner à leur air faraud qu'elles partageaient ma craintive allégresse. Quand nous fûmes installées dans la loge commune, une maquilleuse nous coiffa à son idée et nous mit un peu de fard rose sur les joues. Puis une habilleuse nous apporta nos costumes. Nous les avions déjà essayés, ainsi que les accessoires, lors des dernières répétitions, mais, cette fois, il me sembla que je les découvrais dans une lumière nouvelle : de courtes tuniques en tissu argenté, avec des ailes transparentes cousues dans le dos. Je jugeai cette toilette seyante dans son étrangeté, mais déplorai, à part moi, qu'il me fallût brandir, comme attributs de mon pouvoir, un arc en carton et des flèches, ce qui risquait de me gêner dans mes mouvements.

Cependant, dès que je parus sur scène, entourée des autres petits génies séraphiques, mes appréhensions s'envolèrent. Face au trou obscur du parterre, peuplé d'un agglomérat de visages, je perçus dans ma poitrine le bondissement de l'amour comblé. Scrutée par des centaines de regards avides, je me sentais à la fois déshabillée et victorieuse. Ce fut dans un état second que j'exécutai, de concert avec les autres cupidons, les pas élémentaires qui nous avaient été impartis. A la fin de la variation, le bruit des battements de mains déferlant sur nous me procura le plaisir le plus grisant et le plus égoïste que j'eusse jamais connu. Ébranlée par cette révélation, je sortis de scène avec les autres chérubins et laissai, à regret, aux vraies ballerines le bonheur d'être applaudies plus chaleureusement encore que nous ne l'avions été. En regagnant les coulisses, il me semblait que j'avais de véritables ailes dans le dos. A la fin du spectacle, nous fûmes appelées à revenir sur scène, à l'arrière-plan, pour saluer le public et j'entendis de nouveau le tonnerre des applaudissements. Dès cet instant, je compris que je ne pourrais jamais m'en passer. Bien sûr, je savais que cet enthousiasme assourdissant s'adressait principalement aux premières danseuses, aux premiers danseurs, mais je savourais l'honneur de participer, même très modestement, à leur apothéose. Marius Petipa était content de nous. Après avoir félicité les étoiles de la troupe, il tint à remercier le corps de ballet, y compris les six cupidons, pour la contribution de tous au succès du spectacle. Au moment de quitter notre loge, il me prit à part et me dit à voix basse :

— Bravo, Ludmilla ! Ne relâche jamais ton effort ! Je suis convaincu qu'un bel avenir t'attend !

J'étais si émue que je ne sus que répondre. Aveuglée par des larmes de joie, je murmurai :

— Je vous promets... Je ne faiblirai pas... Merci, merci...

Les autres fillettes me regardaient avec un dépit envieux, comme si je leur avais volé quelque chose. Sans avoir rien entendu, elles avaient tout deviné. Tatiana Vlassova, la « petite mère » de mes débuts, proféra d'un ton acidulé :

— Eh bien, je crois que votre flèche de Cupidon a atteint sa cible !

Cette remarque fit rire tout le monde. Je feignis de m'en amuser, moi aussi. Au vrai, j'en étais plus gênée que flattée. Heureusement, la conversation en resta là et je revins sur terre. Certes, il m'en coûtait de quitter la tunique argentée du cupidon pour revêtir la tenue réglementaire des élèves. Cependant, je constatai dès le lendemain que, même sous la triste robe marron, je pouvais me croire en représentation. Aux yeux de tous, j'étais une élève anonyme, mais dans ma tête je rallumais à volonté les feux de la rampe, je réveillais l'orchestre assoupi dans sa fosse et j'émerveillais les masses en alignant, sans effort, trente-quatre fouettés. Je savais à présent, de source sûre, que, loin d'être une prison, l'École était, pour moi du moins, l'antichambre de la gloire. Je me plaisais à rêver que j'étais la danseuse préférée de Marius Petipa. Cette illusion était si puissante que, souvent, j'oubliais mon âge. J'en arrivais à m'agacer du retour trop lent de mes anniversaires.

Bien entendu, je participai encore, dans les rangs du corps de ballet, à de nombreux spectacles, que ce fût au théâtre Alexandre ou au théâtre Marie à Saint-Pétersbourg, et même, pendant la saison d'été, sur les scènes impériales de Tsarskoïe Selo et de Peterhof. Mais aucune de mes apparitions à ces soirées de gala ne provoqua dans mon cerveau l'éblouissement que j'avais éprouvé lors de mon interprétation des polissonneries de Cupidon entre Don Quichotte et Dulcinée. Cette perpétuelle attente d'un choc plus significatif encore aurait pu me lasser : elle me stimula. Mon application et mon impatience se révélèrent si efficaces que, dès le mois de mai 1889, je me jugeai fin prête pour affronter l'examen de sortie de l'École. J'eus ainsi l'occasion de démontrer mon savoir-faire devant un aréopage de connaisseurs. Je m'attendais à une mention honorable. Ce fut un franc succès. Marius Petipa, qui présidait le jury, me congratula devant mes camarades moins bien notées et insista sur le fait que ces années d'études m'avaient été d'autant plus profitables que j'avais su garder ma « grâce naturelle » — l'expression est de lui ! — en acquérant une technique digne des plus grandes.

Du jour au lendemain, ma vie quasi monacale à l'École fut terminée. Peu après, je quittai l'ombre tutélaire du pensionnat pour aborder le tumulte et les tentations d'un univers où ma liberté même devenait une menace. La réussite d'une élève au terme de ce long parcours initiatique avait comme conséquence immédiate son engagement dans le corps de ballet. Je signai un contrat avec le directeur des Théâtres impériaux. Ou plutôt, comme j'étais mineure, ce fut mon père qui apposa sa signature au bas du document, tandis que je gribouillai la mienne, discrètement, au-dessous de son superbe paraphe.

Assurée d'un salaire très convenable, j'aurais aimé m'installer dans un appartement personnel et douillet. Mais mon père comptait sur moi pour survivre au milieu de ses regrets, de ses faiblesses et de ses dettes. Pouvais-je lui refuser le secours de ma présence ? En outre, j'avoue que j'étais quelque peu effrayée à l'idée d'être subitement livrée à moi-même. J'acceptai donc de retourner auprès de lui, dans notre minable logement de la rue Poltavskaïa où s'était déroulée ma petite enfance. Mon ancienne nourrice, Aniouta, m'y accueillit comme si une seconde naissance venait d'éclairer la maison. Je rangeai mes chaussons de danse dans l'armoire de ma chambre, à côté de l'ours en peluche Michka, borgne, à l'oreille arrachée et au museau rongé par les mites, qui avait été le consolateur de mes chagrins puérils. Cette coexistence, sur un même rayon, des rêves de mon âge tendre et de ceux de mon adolescence triomphante symbolisait, dans mon esprit, mon irrésistible ascension vers les sommets.

Les premiers mois auprès de mon père me permirent de mesurer à quel point sa déchéance s'était aggravée durant les années que j'avais passées loin de lui à l'École impériale. Il buvait toujours autant mais tenait de moins en moins bien l'alcool. Ses révoltes délirantes, suivies de longues périodes d'abattement, accentuaient en moi le sentiment de mon impuissance et de ma responsabilité. Passant de l'écœurement à la pitié, je ne trouvais même pas de réconfort auprès d'Aniouta, aussi désarmée que moi devant la triste ivrognerie de cet homme qui, jadis, avait eu du talent et qui, aujourd'hui, sombrait dans la sénescence et la veulerie. Ce qui me sauvait du désespoir, c'était l'amour de la danse et l'idée de l'engagement moral que j'avais contracté envers Marius Petipa en lui promettant de me montrer digne de la confiance qu'il m'avait si souvent témoignée.

J'avais un tel souci de rigueur dans la poursuite de cette vocation qu'ayant quitté l'École je continuai à me perfectionner en prenant régulièrement des cours chez mon ancien professeur Enrico Cecchetti. Ces exercices quotidiens à la barre me distrayaient, pour un temps, de mes soucis filiaux. En obligeant mes membres à se plier aux exigences d'une chorégraphie toujours plus stricte, je changeais de vie, de milieu, d'identité, de destin. Je n'avais d'autre souhait que celui d'évoluer, soir après soir, sous les feux de la rampe, aux sons d'une musique dont chaque note trouverait une réponse dans les mouvements de mon corps. Quand j'étais sur le point d'être reprise par les laideurs et les mesquineries de l'existence, je me répétais la phrase de Marius Petipa : « Bravo, Ludmilla ! Ne relâche jamais ton effort. Je suis convaincu qu'un bel avenir t'attend ! » Était-ce un monstrueux égoïsme de ma part ? Je ne le crois pas. Pour s'encourager à traverser la grisaille des jours, mon père avait la vodka, moi j'avais la danse.

Peu après m'avoir délivré mon diplôme de fin

d'études, la direction des Théâtres impériaux me confia trois petits rôles dans le ballet de *La Belle au bois dormant*. C'était un arrangement scénique où se retrouvaient plusieurs thèmes esquissés dans les contes de Perrault. Au premier acte, je devais représenter la fée Candide, au deuxième une marquise, au dernier le Petit Chaperon rouge aux prises avec le méchant Loup. Le rôle principal, celui de la princesse Aurore, avait pour interprète la « prima donna » italienne Carlotta Brianza, dont tout Saint-Pétersbourg chantait les mérites. La musique de cette féerie était due au célébrissime Tchaïkovski, la chorégraphie à Marius Petipa. La délicate fantaisie du maître français s'affirmait dans chaque figure du ballet imaginé par lui. Dès le début du travail préparatoire, je m'enflammai à l'idée d'être l'interprète, fût-ce à un rang secondaire, d'une œuvre aussi accomplie. En rentrant chez moi, le soir, après une de ces séances de mise au point sous le contrôle de Marius Petipa, je me disais que, même si je me cassais la jambe après avoir dansé une seule fois en public dans cette merveilleuse *Belle au bois dormant*, je n'aurais pas le droit de me plaindre, car j'aurais reçu, en moins d'une heure, de quoi illuminer toute une vie.

Le morceau de bravoure, au troisième acte, était la danse du Petit Chaperon rouge et du méchant Loup, que Marius Petipa avait réglée avec une rare habileté et qui mettait en valeur la grâce juvénile de l'interprète féminine face aux sautillantes prouesses de son partenaire masculin. A mesure que la date du spectacle approchait, je me pénétrais mieux de la douceur ingénue de mon personnage. Ce jeu de cache-cache entre la pureté du Petit Chaperon rouge et la ruse du méchant Loup avide de chair fraîche m'amusait tellement que j'y voyais l'illustration de certaines aventures amoureuses dont j'avais entendu parler à l'École. En ce qui me concernait, d'ailleurs, j'étais, comme autrefois, parfaitement imperméable à la séduction des garçons de mon âge. Ils n'avaient d'intérêt, à mon sens, que s'ils participaient avec moi à un pas de deux ou à un quadrille. Pendant que certaines de mes camarades s'amourachaient de tel ou tel danseur pour avoir une raison de rêver et de souffrir, je ne pensais qu'à mon travail et à Marius Petipa qui en était l'incarnation. Il assistait à toutes les répétitions de *La Belle au bois dormant*. Son intransigeance à notre égard était dictée par sa passion dévorante de la danse. Il ne nous passait pas le moindre défaut dans la position des pieds ou le port de la tête, nous obligeait à recommencer quatre fois un pas qu'il jugeait exécuté à la sauvette, bondissait sur les planches pour indiquer un geste des bras, un balancement des membres qui avaient été escamotés par nous. Il était resté très souple malgré son âge. En le regardant diriger notre troupe, j'avais le sentiment qu'il dessinait nos attitudes avec la volonté inspirée d'un sculpteur modelant de la terre glaise.

De temps en temps, Tchaïkovski nous rendait visite au théâtre et assis, attentif et muet, au premier rang des fauteuils d'orchestre suivait le déroulement de la répétition. Je le trouvais impressionnant, à cause de son immense talent, bien sûr, mais aussi à cause de la légende qui l'entourait depuis des années. Grisonnant, barbu, le regard fiévreux, il montrait autant de nervosité dans son maintien que de sobre élégance dans sa mise. Avec sa redingote noire boutonnée très haut, son faux col blanc amidonné et sa cravate nouée soigneusement, il eût ressemblé à un respectable fonctionnaire s'il n'y avait eu parfois, dans ses yeux, cette illumination de visionnaire à laquelle succédait une expression de bête traquée. Je le savais, à cinquante ans, au sommet de la gloire, courant de concert en concert à travers l'Europe, ivre d'applaudissements et de mélancolie. On chuchotait dans les coulisses du théâtre qu'il y avait des « bizarreries » dans sa vie intime, des « choses innommables » et qu'il buvait pour les oublier. Je me demandais de quoi il cherchait à se consoler ainsi, puisqu'il bénéficiait déjà de tout le bonheur possible. Mais le fait qu'il eût, selon les amateurs de ragots, un certain penchant pour l'alcool me le rendait plutôt sympathique. Comme si je voyais dans cette intempérance d'un authentique génie une excuse à la misérable soûlographie de mon père. D'ailleurs, je remarquai que, très vite, durant nos séances de travail, le beau visage tourmenté de Tchaïkovski se détendait, s'éclairait, comme s'il eût été envoûté non seulement par la musique qu'il avait composée mais par la traduction plastique que nous en donnions. Notre langage correspondait si exactement au sien qu'il lui arrivait même de battre des mains après telle ou telle variation adroitement conduite. Quand Marius Petipa le rejoignait dans la salle, après avoir réglé un « enchaînement » délicat, ils avaient des conciliabules à voix basse, coupés d'exclamations et de rires. On eût dit deux vieux compères heureux d'avoir réussi une farce. Visiblement, l'entente qu'il y avait entre eux dépassait l'estime réciproque pour confiner à une joyeuse complicité. Ils étaient si proches dans l'élaboration du spectacle qu'en les regardant à la dérobée je confondais celui qui avait écrit la musique et celui qui s'employait à en assurer l'animation théâtrale.

La générale eut lieu le 2 janvier 1890, au théâtre impérial Marie. On murmurait çà et là que l'empereur Alexandre III y assisterait peut-être, entouré de sa famille. Cette perspective augmentait mon ambition de me montrer à la hauteur de l'événement et ma crainte d'en être techniquement incapable. Bien avant le lever du rideau, de la « prima ballerina » à la dernière gamine du corps de ballet, nous étions toutes dans les transes. D'une loge à l'autre couraient les mêmes chuchotements :

— Vous croyez vraiment que le tsar viendra ?

— Mais oui : M. Petipa me l'a répété tout à l'heure !

— Ce n'est pas l'avis d'Ivan Vsevolojski. D'après lui, Sa Majesté se fera remplacer à la dernière minute par le grand-duc Nicolas Alexandrovitch...

— Eh bien, ça ne changerait pas grand-chose ! C'est notre tsarévitch... Un jour ou l'autre, il sera notre tsar !

— Oui, mais il ne l'est pas encore ! C'est pourquoi je préfère que ce soit le tsar qui honore cette soirée de sa présence ! Ah ! ça y est !... Je crois qu'il arrive !... C'est lui ! C'est lui... Merci, mon Dieu !

C'était lui, en effet. Dès son entrée dans la salle, l'orchestre attaqua triomphalement l'hymne impérial, ce qui fit taire les derniers murmures. Derrière le rideau, toute notre troupe l'écouta au garde-à-vous. Dans le silence revenu, ce fut mon cœur qui frappa les trois coups. Les premières mesures de la musique de Tchaïkovski me surprirent comme si je ne l'avais encore jamais entendue. J'avais eu beau répéter cent fois les moindres figures de mes danses, j'avais l'impression que je ne savais rien et que j'allais devoir tout improviser. Quand vint mon tour d'entrer en scène, je fis un grand signe de croix sur ma poitrine et m'avançai, percluse d'émotion, dans la lumière de la rampe. Instantanément, mes inquiétudes s'évanouirent. Tout à coup, j'étais sur les planches comme chez moi. Ces notes qui commandaient mes évolutions, c'était moi qui les avais écrites. A travers la brume de l'effort, je crus discerner au fond de la salle, dans la loge d'honneur surmontée de l'aigle bicéphale, l'empereur, l'impératrice et quelques uniformes chamarrés. Les plus grands noms de Russie étaient là. Et ma mission était de les distraire. Quelle honte si je ratais une pirouette ou perdais l'équilibre dans une élévation ! Mais, au fur et à mesure que j'exécutais la danse de la fée Candide, je prenais de l'assurance. En vérité, ce n'était pas au tsar, ni à quelques membres de la famille impériale, que je dédiais cette élégante variation : c'était à Marius Petipa, qui, tapi dans son recoin derrière le rideau, épiait chacun de mes gestes avec une exigence que je savais bienveillante. Son opinion m'importait plus que celle de l'empereur. Le second ne régnait que sur la Russie, alors que le premier régnait sur la danse. Or, la Russie avait des frontières et la danse n'en avait pas. Tout cela était certes très confus dans ma tête, et cependant j'étais persuadée de ne pas me tromper dans la hiérarchie des valeurs. Les applaudissements qui saluèrent ma sortie me touchèrent moins que les quelques mots de Marius Petipa, chuchotés à mon intention alors que je me dépêchais de regagner ma loge pour troquer ma tenue de fée contre celle de Chaperon rouge. Comme je repassais devant lui pour retourner sur la scène après mon changement de costume, il dit encore :

— Si tu réussis aussi bien ta danse avec le Loup, je te promets un grand rôle dans le prochain ballet !

L'idée de cette promotion m'électrisa. Je m'appliquai si bien à interpréter la désarmante naïveté du Chaperon rouge devant les entreprises du méchant Loup qu'à la fin de mon numéro je recueillis la plus flatteuse des ovations. Toute la loge impériale battait des mains. A l'issue de la générale, la troupe au complet vint saluer devant le public avec gracieuseté et déférence. Il y eut six rappels.

L'empereur, l'impératrice et le grand-duc Nicolas Alexandrovitch tinrent à nous féliciter personnellement. On se réunit au foyer du théâtre. L'entrée du hall avait été interdite à la foule des spectateurs. Alexandre III me parut encore plus âgé, plus pensif et plus débonnaire que sur le portrait officiel qui ornait notre réfectoire, à l'École. Je le trouvais certes imposant avec sa taille de géant, sa large poitrine, sa barbe roussâtre striée de poils gris, et cependant il m'impressionnait moins que l'insignifiant Marius Petipa qui se tenait à ses côtés, les épaules voûtées et le regard bas. Après que Sa Majesté eut vanté à haute voix la chorégraphie de *La Belle au bois dormant*, la compagnie grand-ducale fit chorus. Comme gêné par tant d'honneur, Marius Petipa remerciait, remerciait encore, et sa modestie me le rendait doublement cher et respectable. Pour moi, ce n'était pas le tsar mais lui qui était le héros de la fête. Je n'accordai qu'une attention distraite à la tsarine, qui avait pourtant beaucoup de noblesse dans son maintien, et jetai un coup d'œil rapide au tsarévitch, si beau dans son uniforme d'officier du régiment Preobrajenski. Je n'ignorais pas que toutes les ballerines en étaient plus ou moins amoureuses. On racontait même que l'une d'entre nous, la sémillante Mathilde Kschessinskaïa, qui venait d'interpréter avec succès un rôle dans *La Belle au bois dormant*, était courtisée d'assez près par lui et qu'elle ne résisterait certainement pas plus de quelques mois aux avances d'un héritier de la couronne aussi jeune et aussi séduisant. J'avoue que cette intrigue galante ne me passionnait guère. En revanche, je ne perdais pas un mot des compliments échangés autour des véritables vainqueurs de la soirée. Dans ce concert de louanges, Tchaïkovski, qui avait assisté, dans la loge directoriale, à la représentation de son œuvre, eut droit lui aussi à son lot de félicitations de la part du souverain et de sa famille. Il les accueillit avec moins d'humilité que Marius Petipa. Sans doute les nombreux succès qu'il remportait dans d'autres pays l'avaient-ils blasé sur le plaisir d'être admiré et congratulé. On le disait d'ailleurs prêt à quitter la Russie pour Berlin et Florence. Le tsar lui demanda aimablement s'il comptait rester longtemps à l'étranger. Puis, sans attendre sa réponse, il se tourna vers Marius Petipa et l'interrogea en souriant :

— D'où vient ce charmant Chaperon rouge ?

Marius Petipa se hâta d'indiquer qu'il s'agissait d'une de ses anciennes élèves. Le tsar insista :

— Elle a un nom, j'imagine !

Cette fois, Marius Petipa me fit signe que c'était à moi de répondre. Abasourdie, je dus reprendre ma respiration avant de balbutier :

— Je m'appelle Ludmilla Arbatova, sire.

— J'ai connu autrefois un Arbatov qui était acteur, je crois...

— C'est mon père, sire : Ivan Pavlovitch Arbatov.

— Ah oui ! On n'entend plus parler de lui...

— Non... Il est..., il s'est retiré...

— Dommage ! Il était assez drôle dans son numéro de mime.

Puis, s'adressant à Marius Petipa, le tsar dit assez distinctement pour être entendu de tous :

— Ce Chaperon rouge est donc un pur produit de votre enseignement, mon cher Petipa. Je vous sais gré de tout ce que vous faites pour le renom de la scène russe !

Il exprima également sa satisfaction à Carlotta Brianza et aux premières danseuses de la troupe, que Marius Petipa lui présenta successivement. Mathilde Kschessinskaïa reçut à son tour l'hommage du souverain. Mais il la regarda avec froideur et lui parla du bout des lèvres. Manifestement, il n'approuvait pas l'engouement de son fils. Au vrai, tout étourdie par ce qu'il avait dit à mon sujet, je percevais à peine les propos aimables qu'il adressait aux autres. Lorsque le tsar et sa suite s'apprêtèrent à nous quitter, nous fîmes, tous ensemble, une profonde révérence de cour. Après quoi, nous passâmes en nous bousculant et en murmurant dans la salle voisine, où la direction nous servit le traditionnel champagne de la générale.

De nombreux spectateurs, qui avaient été tenus à l'écart pendant la visite impériale, s'étaient rassemblés là et buvaient dans le brouhaha des conversations. Au milieu d'eux, j'avisai mon père. Il avait exigé d'assister au spectacle et pérorait, hilare, une coupe à la main, au milieu d'un groupe d'inconnus. Je craignais qu'il n'abusât du champagne et m'avançai pour lui recommander la modération. En me voyant, il sourit, cligna de l'œil et dit en élevant son verre :

— Je bois à ton succès, ma chérie. Entre nous, tu mérites mieux que ce qu'on t'offre ici. Le champagne, c'est bon pour les autres. Toi, il te faut la fortune, la gloire et un homme à tes pieds ! Travaille bien ! Écoute tes professeurs et tu arriveras plus haut que tous ceux que tu admires ! Mais fais attention aux embûches du cœur. C'est souvent parce qu'on donne sa confiance à un grand nom et à un bel uniforme qu'on trébuche et qu'on se casse le nez !

Était-ce en pensant à l'idylle naissante de Mathilde Kschessinskaïa et du tsarévitch qu'il me mettait en garde ?

— Sois tranquille, lui répondis-je, je ne trébucherai jamais !

— Tu dis ça parce que tu n'as pas encore rencontré un homme qui te plaise !

— Je dis ça parce que j'ai rencontré la danse !

— Elle ne sera pas toujours là !

— Si, papa. Aussi longtemps que je vivrai !

— Je prétendais moi aussi, autrefois, que l'art me tiendrait lieu de tout... Et puis... et puis...

Sa voix s'épaissit, son élocution devint hésitante, traînante, comme d'habitude quand il avait trop bu. Je m'excusai auprès du reste de la troupe, de notre régisseur, de Marius Petipa, de Tchaïkovski, pris impérativement le bras de mon père et le guidai vers la sortie, tandis qu'il bredouillait :

— Il est tôt... On pourrait bien rester encore un peu...

IV

Je ne tardai pas à comprendre que, dans *La Belle au bois dormant*, ce n'était pas l'innocente et ravissante Aurore qui avait été réveillée, mais moi. Comble d'étrangeté, le prince charmant responsable de ce miracle était âgé de soixante-huit ans et n'éprouvait à mon égard qu'une affection toute paternelle. Son pouvoir était si efficace qu'il n'avait pas eu besoin d'un baiser pour me révéler à moi-même. Quelques mots, prononcés avec l'accent marseillais, avaient suffi à faire de moi la plus heureuse et la plus résolue de ses adeptes.

Désormais, fidèle à sa promesse, Marius Petipa me réserva des variations de plus en plus importantes dans les différents ballets dont Ivan Vsevolojski, le tout-puissant directeur des Théâtres impériaux, lui commandait la chorégraphie. C'est ainsi que j'apparus, vers la mi-février 1891, dans un « ballet fantastique » en trois actes, *Calcabrino*, sur une musique de Ludwig Minkus, avec de nouveau Carlotta Brianza en tête de distribution ; et que, l'année suivante, il me confia un rôle de premier plan dans un « ballet féerie » intitulé *Casse-Noi-*

sette, dont la musique, encore à l'état d'ébauche, était de son compositeur préféré : Tchaïkovski. A cette époque-là, il ne se passait pas de jour que je ne me rendisse chez Marius Petipa, soit pour étudier quelque figure sous sa direction, soit même pour classer ses papiers et écouter ses commentaires et ses confidences. Il m'arrivait aussi de noter les idées de mise en scène qui lui traversaient l'esprit ou des réflexions sur l'art théâtral qu'il énonçait sans y prendre garde dans une banale conversation. A ces moments-là, la danseuse que j'étais se transformait en secrétaire. Et j'avoue que cette seconde activité ne me paraissait pas indigne de la première. Bien au contraire, elle la complétait et lui donnait, à mon avis, une signification plus profonde, plus émouvante.

Mes nombreuses visites à Marius Petipa avaient fait de moi une intime de la famille. Sa femme, Lioubov Leonidovna, plus jeune que lui d'une trentaine d'années, avait été actrice et s'était produite dans des ballets et des vaudevilles avant de se consacrer à ses enfants. Sa gaieté, sa spontanéité, son imprévoyance contrastaient avec la gravité scrupuleuse de son mari, toujours soucieux de ponctualité et de perfection. D'emblée, elle m'avait prise en affection. Elle m'appelait l'« Agenda de Terpsichore » ou le « Mémento de Marius ». Il y avait là aussi les filles de Marius Petipa. L'aînée, Maria, suivait des cours de danse et de musique ; Vera rêvait également de monter sur les planches ; quant à la cadette, Eugénie, elle était si fragile qu'elle se contentait de regarder vivre les autres en se figurant que, tôt ou tard, son tour viendrait d'exister par elle-même. Les fils, eux, déjà grands, habitaient de leur côté, jouaient dans des tournées de province et rendaient visite à leurs parents entre deux voyages. Tout ce petit monde m'avait immédiatement adoptée. La maison des Petipa était une ruche bourdonnante et moi qui avais tant souffert d'être enfant unique, je me détendais dans cette atmosphère de droiture et de bonhomie. En arrivant chez eux, je n'avais qu'une envie : me fondre aux joies et aux projets de chacun. Je me disais qu'il y avait, dans cette étrange tribu de baladins, un mélange d'hospitalité russe et d'esprit français qui n'existait nulle part ailleurs. On y était en Russie, bien qu'on y parlât français, et en France, bien qu'on y eût à cœur de faire triompher le ballet russe sur toutes les scènes d'Europe. Bref, je respirais entre ces murs un air tellement plus léger et plus rafraîchissant que dans notre triste appartement de la rue Poltavskaïa qu'ayant prolongé ma visite jusqu'à une heure indue je retournais auprès de mon père avec ennui et par simple devoir de conscience. D'ailleurs, mon emploi du temps était strictement réglé. Chaque jour, je m'astreignais à perfectionner ma technique en travaillant à la barre sous la surveillance d'un chorégraphe, ancien élève de Marius Petipa. Et, dès que j'avais une heure de liberté, je me précipitais chez mon professeur de toujours, comme si j'éprouvais l'impérieux besoin de compléter la gymnastique rigoureuse du corps par celle, plus subtile, de l'esprit.

Ce qui augmentait l'attrait qu'exerçait sur moi le foyer si accueillant des Petipa, c'était qu'en ce lieu béni se concevait, en grand mystère, le fameux *Casse-Noisette*. J'avais appris par hasard, en écoutant Marius Petipa, qu'il avait imaginé l'argument de ce ballet après la lecture d'un conte d'Hoffmann, dans la version française d'Alexandre Dumas. Il y était question, croyais-je savoir, de la révolte des jouets, une nuit de Noël, autour de la petite Clara, laquelle, ayant reçu en cadeau la poupée Casse-Noisette, devait la défendre contre les assauts de l'abominable Roi des Souris. Sur cette trame légère, Marius Petipa avait laissé courir sa fantaisie d'enfant attardé et de danseur aux audaces élégantes. Il avait soumis son adaptation à Tchaïkovski et celui-ci, qui revenait d'un long voyage en France et aux États-Unis, s'était déjà mis à l'ouvrage. Tous les deux ou trois jours, on le voyait arriver chez les Petipa avec ses esquisses fraîchement transcrites. Les deux hommes s'installaient dans le salon pour travailler, pendant que toute la famille et moi-même restions dans la salle à manger, muettes et l'oreille tendue. Après un temps de bavardage à mi-voix, Tchaïkovski se mettait au piano et jouait quelques mesures que, tapies de l'autre côté de la porte, nous écoutions religieusement. Dès qu'il s'arrêtait, Marius Petipa lui donnait son sentiment et parfois suggérait une modification au passage qu'il venait d'entendre. Je suivais avec passion l'élaboration tâtonnante du futur chef-d'œuvre. Mon rêve était d'incarner la petite Clara protégeant sa poupée Casse-Noisette contre le diabolique Roi des Souris et récompensée à la fois par la métamorphose du jouet en un prince charmant et par leur accession, côte à côte, au royaume des Friandises. Mais Marius Petipa ne me disait rien encore de la distribution qu'il envisageait et ma timidité naturelle m'interdisait de l'interroger à ce sujet. Cette attente dans l'incertitude entretenait ma fièvre.

Me voyant plus nerveuse que d'ordinaire, mon père me reprocha d'être trop vulnérable. Il avait constaté que, depuis quelques jours, je passais plus de temps chez les Petipa que chez nous et il en prenait ombrage. Un soir, à l'heure du dîner, comme je lui paraissais absente de la conversation, il me demanda à brûle-pourpoint :

— Où as-tu la tête, Ludmilla ?

— Mais... ici, papa, répondis-je en haussant légèrement les épaules.

— On ne le dirait pas, ma chérie ! Et que feras-tu demain ?

— Comme d'habitude... Mes exercices...

— Et après ? Tu iras là-bas ?

— Bien sûr !

— Pourquoi ? insista-t-il. Les répétitions de *Casse-Noisette* n'ont pas encore commencé. D'ailleurs, Marius Petipa n'a pas le temps de s'occuper de toi comme tu le souhaites. Tu n'es plus son élève...

— Je le resterai toute ma vie ! répliquai-je avec la fureur de l'innocence outragée. Et puis... et puis, il a besoin de moi pour beaucoup de choses. Je lui facilite le travail. Je note tout ce qu'il dit... Je recopie ses indications chorégraphiques. Après ce qu'il a fait pour moi, je suis heureuse de pouvoir l'aider un peu.

— Moi aussi j'aimerais que tu m'aides un peu,

dit-il misérablement, le nez dans son assiette, le regard fuyant.

— Mais je t'aide, papa !

— En me laissant seul tous les jours ? Si encore tu étais en pleine répétition...

— Même en dehors des répétitions, je suis nécessaire à Marius Petipa pour la préparation de ses ballets. C'est ça que je me tue à te répéter ! Comprends-moi, je t'en supplie !

Il releva le front et me scruta avec une jalousie de mari trompé.

— En somme, tu voudrais que j'accepte tout, marmonna-t-il. Tu prétends que tes visites quotidiennes à Marius Petipa font partie de votre métier à tous les deux !

— Exactement.

— Et moi, à l'heure qu'il est, je n'ai plus de métier !

— C'est l'évidence, papa !

— Tu me le reproches ?

— Oh ! mais non ! Comment peux-tu croire...

— Si ! Tu me reproches d'être encore vivant et de ne rien faire !

Du coup, j'explosai. Incontestablement, une fois de plus il était éméché.

— Je ne te reprocherai jamais de ne rien faire ! m'écriai-je. Tu en as le droit, à ton âge !

— Alors, de quoi m'en veux-tu ?

— Mais je ne t'en veux pas !

Il se versa un autre verre de vodka, l'avala d'un trait, fit claquer sa langue contre son palais, caressa le flacon du bout des doigts et grommela :

— Ce n'est tout de même pas ça qui te chasse de la maison ?

— Bien sûr que non !

— Tu voudrais que je boive moins, que je cesse de boire ?

— Si tu cessais de boire, je te dirais bravo ! Mais, si tu continues à boire, je ne cacherai pas la bouteille ! Ça devrait te rassurer pour l'avenir, je suppose !

Il ne répondit pas. Nous continuâmes notre repas en silence et sans plus échanger un regard. En songeant à la famille Petipa où tout était gaieté et harmonie, j'avais honte d'être si proche de ces étrangers et si éloignée de papa. Mon besoin d'admiration et de confiance me portait résolument vers les premiers, ma pitié filiale vers le second. Déchirée entre ces deux inclinations contraires, je comparais mon père naturel qui se dégradait chaque jour à mon père spirituel sur qui ni le temps ni les événements n'avaient prise. Et c'était, à l'évidence, le faux père que je préférais au vrai. Comme si j'étais plus sensible à la réussite qu'à l'échec, plus disposée à applaudir qu'à m'apitoyer, plus impatiente de vivre que résignée à me souvenir. Je n'eus pas le courage de renouer la conversation après qu'Aniouta eut desservi la table. Ayant pris congé de mon père sur le baiser rituel du soir, je balayai de mon esprit tout ce qui n'était pas le projet de *Casse-Noisette* et m'apprêtai à passer une nuit paisible en évoquant l'amusante agitation des jouets de la petite Clara.

Hélas ! les jours suivants ne m'apportèrent pas la réponse tant espérée. Marius Petipa avait terminé son livret, mais Tchaïkovski travaillait encore à l'orchestration et ni l'un ni l'autre ne se préoccupaient du choix des interprètes. Ce fut deux semaines avant de mettre le ballet en répétition que Marius Petipa m'annonça son intention de me confier plusieurs variations « de caractère exotique », ainsi que le pas de deux de la fée Dragée. Le rôle superbe de la fillette Clara avait été promis de longue date, m'affirma-t-il, à une grande ballerine italienne : Antonietta Dell Era. Je n'eus pas l'outrecuidance de me plaindre devant lui, bien que ma désillusion fût douloureuse. D'ailleurs, je reconnaissais qu'Antonietta Dell Era méritait autant que moi, sinon plus, d'incarner la fillette aux cent jouets indisciplinés. J'eus l'impression que Marius Petipa me savait gré de ma souriante abdication. Je venais de lui prouver que je n'étais pas seulement une bonne danseuse, mais une jeune personne raisonnable, qui n'hésitait pas à dominer ses ambitions personnelles dans l'intérêt d'une œuvre collective.

Le directeur des Théâtres impériaux, Ivan Vsevolojski, ayant approuvé successivement le livret, la musique et la distribution, les répétitions de *Casse-Noisette* commencèrent. Durant les premières séances de travail, Marius Petipa se montra à mon égard d'une attention si amicale que je me félicitai d'avoir renoncé sans grimace à un rôle que j'avais d'abord convoité. Malheureusement, il ne put s'acquitter de sa tâche jusqu'au bout. Fatigué, malade, il dut bientôt céder sa place à un autre maître de ballet, Lev Ivanov, que je connaissais bien pour avoir été son élève à l'École. C'était un excellent professeur, mais, à mon avis, il n'avait pas l'invention débridée de Marius Petipa. Sa conception était trop sage, trop correcte pour ne pas me décevoir. *Casse-Noisette* méritait mieux.

La première eut lieu le 5 décembre 1892, au théâtre Marie de Saint-Pétersbourg. Le ballet était annoncé comme œuvre de Marius Petipa pour l'argument, de Lev Ivanov pour la chorégraphie et de Tchaïkovski pour la musique. Un nouvel opéra, *Yolanda*, également de Tchaïkovski, figurait sur la même affiche. La salle était brillante et des mieux disposée. Je me taillai un beau succès à chacun de mes passages, mais les applaudissements recueillis par Antonietta Dell Era me parurent plus nourris que ceux que j'obtenais moi-même. Néanmoins, la presse se montra assez élogieuse à mon égard pour que ma vanité en fût apaisée. Du reste, Marius Petipa, à peine guéri de son indisposition, s'était remis au travail. Il préparait un ballet en trois actes, *Cendrillon*, dont la musique était due au compositeur Fittingholf, l'argument à Lydia Pachkova et la chorégraphie à une collaboration entre lui-même, Enrico Cecchetti et Lev Ivanov. La création de *Cendrillon* devait avoir lieu au début du mois de décembre 1893, au théâtre Marie. Tous les amis de Marius Petipa se réjouissaient de pouvoir lui témoigner, une fois de plus, leur fidélité dans l'enthousiasme.

Or, cette année avait été très éprouvante pour Tchaïkovski. Il s'était dépensé en travaux, en concerts, en voyages. Sa gloire le tuait à petit feu. Dès le début d'octobre, le bruit courut qu'une épidémie de choléra menaçait Saint-Pétersbourg. Peu après, on apprit que Tchaïkovski avait contracté cette maladie en buvant dans un restaurant de l'eau non bouillie. Les médecins qui se relayaient à son chevet craignaient une issue fatale. Elle survint le 25 du même mois. Le public accueillit cette fin prématurée avec autant de consternation que si la Russie, attaquée à l'improviste, venait de perdre une province. Cependant, selon certains colporteurs de ragots, l'illustre compositeur n'avait pas succombé à la contagion mais se serait suicidé pour échapper au scandale qui le guettait à cause de ses « mœurs particulières ». Sans chercher à élucider les circonstances de cette disparition, je me contentai de pleurer, avec toute la famille Petipa, la perte d'un artiste exceptionnel sur lequel nous comptions tous pour une longue et fructueuse collaboration.

Malgré le grand deuil, la représentation se déroula à la date annoncée, le public fut conquis et la presse loua généreusement la troupe du théâtre Marie et le chorégraphe qui savait si bien se renouveler d'un spectacle à l'autre. J'aurais aimé jouer le rôle-titre de *Cendrillon*, mais il échut à une autre danseuse italienne d'un talent incontestable, Pierina Legnani, qui remporta un triomphe dans la variation de la « mazurka espagnole ». Je me contentai d'être une des filles de l'ignoble marâtre qui se plaisait à humilier Cendrillon. Mais je me tirai à mon avantage de cette prestation secondaire. Certains danseurs de notre compagnie m'assurèrent même en catimini que j'avais surpassé la « prima ballerina ». Quant à Marius Petipa, il songeait déjà à un autre ballet en un acte de « style anacréontique », intitulé *Le Réveil de Flore*.

Un spectacle d'apparat était prévu pour cette création, à Peterhof, le 28 juillet 1894. Or, en juin de la même année, le président de la République française, Sadi Carnot, avait été assassiné à Lyon par un anarchiste. Cet épisode tragique avait profondément affecté l'empereur Alexandre III, qui voyait dans le défunt son meilleur partenaire pour la conclusion d'une alliance franco-russe. Condoléances au gouvernement français, prières publiques dans toutes les églises de Russie. Je craignais que, en raison du deuil officiel, la soirée de Peterhof ne fût annulée. Mais elle eut lieu sans changement de date. Simplement, elle se passa dans un climat de tristesse et d'inquiétude qui n'incitait guère les spectateurs à se divertir. Était-ce un signe avant-coureur d'événements plus graves encore ?

En août 1894, au cœur de l'été, le tsar prit un chaud et froid en inspectant ses troupes à la parade et dut s'aliter. Entre-temps, le tsarévitch, touché sans doute par les remontrances de sa famille, avait rompu sa liaison avec Mathilde Kschessinskaïa. Elle n'apparaissait plus aux répétitions et se morfondait, cloîtrée dans le petit palais que son amant princier lui avait offert au numéro 18 de la perspective des Anglais. Dans les milieux proches de la couronne, on murmurait que l'héritier du trône, après avoir répudié « sa danseuse », allait épouser une princesse allemande, Alix de Hesse, dont il était tombé amoureux et qui de surcroît était la petite-fille de la reine Victoria d'Angleterre. Le tsar, sentant sa vigueur décliner, voulait, disait-on, hâter le mariage. Soudain, la nouvelle tant redoutée éclata, tel un coup de tonnerre, au-dessus des préoccupations futiles du petit monde des théâtres : le tsar venait de mourir à Livadia, en Crimée, où il s'était réfugié pour se reposer et reprendre des forces. Songeant au triste sort de Mathilde Kschessinskaïa, qui s'était vue favorite en titre et — pourquoi pas ? — épouse du futur Nicolas II, et qui aujourd'hui était si cruellement humiliée, je me répétais avec fierté que j'avais eu raison de ne jamais mélanger les affaires de la scène avec celles du cœur. « On ne peut aimer à la fois un homme et la danse, me disais-je. J'ai choisi la danse, et je veux lui rester fidèle. » Déjà, parmi mes camarades de la troupe, il n'était question que du prochain mariage du nouveau tsar, Nicolas II, avec la princesse Alix. Elle avait adopté *in extremis* la religion orthodoxe et était connue maintenant sous le nom d'Alexandra Fedorovna. L'union de ces fiancés exceptionnels devait être célébrée le 14 novembre 1894, en la chapelle privée du palais d'Hiver. Cette discrétion était imposée par les circonstances, car des réjouissances nuptiales eussent été indécentes si peu de temps après les obsèques d'Alexandre III.

Cependant, très vite, la vie artistique reprit ses droits dans la capitale encore ébranlée par la secousse du changement de règne. Vers la fin de l'année 1894, Marius Petipa obtint l'accord d'Ivan Vsevolojski pour tirer de l'oubli une de ses très anciennes chorégraphies, qui n'avait pas, jadis, recueilli la faveur du public, mais dont, de l'avis unanime, la musique, due à Tchaïkovski, était un

« pur joyau ». Marius Petipa se proposait de reprendre la mise en scène de cette fable pour en faire une inoubliable vision de poésie : *Le Lac des cygnes*. Les dernières retouches à la partition avaient été apportées par Tchaïkovski à la veille de sa mort.

Pour la chorégraphie du nouveau spectacle, Marius Petipa et Lev Ivanov unirent derechef leur imagination et leur compétence. Cette fois encore, n'ayant pu décrocher le rôle principal d'Odette, qui échut à l'inévitable Pierina Legnani, je me contentai de tenir ma partie à la tête des cygnes blancs du corps de ballet. Les variations qui avaient été réglées à mon intention me transportèrent dans un univers irrationnel et grisant. En exécutant les mouvements de bras, les balancés, les pas de bourrée indiqués par Marius Petipa, je devenais impondérable, aérienne, je ne m'appuyais plus sur les planches, je glissais sur l'eau paisible d'un lac. Tout au long de mes évolutions, je fus ainsi guidée par une volonté supérieure à la mienne. Celle de Petipa ? Celle de Tchaïkovski ? Celle du cygne de la légende ? Je préférai ne pas définir la nature de cette euphorie et terminai mes variations dans un état de jubilation insensée. Les applaudissements qui saluèrent ma performance me semblèrent aussi chaleureux que ceux recueillis par Pierina Legnani. A ma sortie de scène, Marius Petipa me chuchota à l'oreille : « C'était parfait, ma belle ! Tu m'as offert ce soir un des plus précieux cadeaux de ma vie ! » Mon père, qui assistait à la première, vint me féliciter dans les coulisses. Bien qu'il fût manifestement à jeun, il avait l'œil humide et reniflait de confusion, comme s'il se fût reproché d'être indigne de sa fille. En l'embrassant, je mesurai soudain la métamorphose que j'avais subie en quelques années. J'avais, sans le savoir, changé de camp, de famille, de but dans l'existence. J'aimais mon père, et cependant je refusai de souper avec lui ce soir-là.

J'éprouvais le besoin de fêter l'essor du *Lac des cygnes* avec Marius Petipa et les siens, au cours du banquet qui avait été organisé pour la troupe après la représentation. Je laissai partir mon père avec un mélange de remords et de soulagement. Plus tard, au restaurant où nous étions réunis entre gens du spectacle, je ne cessai d'observer Marius Petipa à la dérobée et de déchiffrer sur son visage les marques d'un juste contentement. Dans le bruit des conversations, je me réjouissais d'avoir aidé, si peu que ce fût, à son triomphe. Moi qui, jusqu'à ces derniers temps, n'avais d'autre ambition que de distancer mes rivales et de régner sans partage sur le public et sur la presse, je découvrais la singulière satisfaction qu'on peut goûter à servir la carrière d'autrui en se détachant de la sienne, à accepter d'être régulièrement la seconde au lieu de chercher à être, de loin en loin, la première, à représenter aux yeux du monde la perfection tranquille, la probité, la durée rassurante, par opposition aux éclats éphémères de l'actualité. Il me semblait bizarrement qu'il y avait plus de mérite et plus de joie à contribuer au succès d'un être qu'on admire qu'à tenter de se faire admirer soi-même. Je pensais à certaines plantes dont on m'avait appris qu'elles s'épanouissaient mieux dans la pénombre qu'en pleine lumière. Moi aussi, après avoir follement désiré les éblouissements de la gloire, je souhaitais une demi-obscurité reposante. Et invariablement je revenais, comme si j'avais été la prêtresse d'un culte ancien, au douloureux plaisir de torturer mon corps afin d'en tirer toute la grâce dont je voulais faire offrande à la danse classique. En écoutant les propos surexcités des convives, je me disais que j'étais probablement celle qui, à cette table, savourait le bonheur le plus intime, le plus désintéressé, le plus exaltant et que personne autour de moi ne se doutait de ma chance.

V

Il y eut encore de grands succès dans la carrière de Marius Petipa et, par ricochet, dans la mienne. Toujours aussi heureusement inspiré, il put créer, sous l'égide amicale d'Ivan Vsevolojski, le ballet de *Barbe-Bleue*, celui de *La Perle charmante*, celui de *Raymonda*. Je participai à tous ces spectacles, sinon comme « prima ballerina », du moins comme seconde danseuse, ce qui me suffisait amplement. Je voyais sans ombre de jalousie se détacher à mes côtés des coryphées dont la notoriété augmentait rapidement, alors que la mienne restait stationnaire. Certaines de ces promotions étaient manifestement facilitées par des influences extérieures. J'ai toujours répugné à ce genre d'intrigues. Avec un naïf entêtement, je ne voulais devoir mon succès qu'à moi-même. Sans doute est-ce à cause de cette fière réserve que je demeurais dans une honnête demi-obscurité. Parmi les récentes élues du public, je suivais avec curiosité l'ascension vertigineuse de Mathilde Kschessinskaïa, qui, après avoir surmonté la désillusion de son échec sentimental, était revenue au théâtre avec un entrain retrempé. Elle succédait souvent à Pierina Legnani dans les rôles où celle-ci s'était illustrée avant sa fâcheuse maladie. Les journaux rivalisaient de louanges à l'égard de la nouvelle étoile. Même Marius Petipa et Ivan Vsevolojski en paraissaient coiffés. Or, en 1899, Vsevolojski fut invité par notre ministre de tutelle à quitter son poste de directeur des Théâtres impériaux pour occuper celui de directeur du théâtre de l'Ermitage. Par chance pour nous, il fut aussitôt remplacé dans ses responsabilités par le prince Serge Volkonski, lequel avait, sans conteste, la passion de l'art et le respect des artistes. Il avait été du reste un fervent collaborateur de Serge Diaghilev, dont le journal, *Le Monde de l'art*, était à l'origine d'une réforme esthétique aussi séduisante que dangereuse. Entouré de jeunes peintres aux conceptions originales, Diaghilev songeait à imposer aux œuvres théâtrales une présentation plus humaine, plus vivante, plus réaliste. On disait que les mises en scène de Stanislavski au Théâtre d'art de Moscou s'inspiraient de ses idées. Sans se laisser gagner par une mode plutôt aventureuse, Marius Petipa tenait Serge Diaghilev en haute estime. Cependant, il ne fit rien pour le retenir lorsque celui-ci, après avoir passé un an et demi dans son ombre, partit tenter sa chance à l'étranger.

A cette époque, l'activité de Marius Petipa ne s'était pas encore ralentie. Il venait de monter, avec l'accord de Volkonski, *L'Arlequinade* et *Le Miroir enchanté* ; il s'apprêtait à monter *Fianetta ou Le Triomphe de l'amour*, dont il avait conçu la chorégraphie avec Lev Ivanov, lorsque éclata l'absurde affaire du costume de scène destiné à Mathilde Kschessinskaïa. Ayant gardé des accointances avec certains grands personnages proches du trône, elle voulut s'en prévaloir pour refuser de porter dans *Fianetta* une jupe ample et baleinée, dans le style Louis XV, qu'elle jugeait disgracieuse. Devant cette révolte, le prince Volkonski lui infligea l'amende prévue au règlement. La riposte fut immédiate. Mathilde Kschessinskaïa en appela aux instances supérieures. Le tsar en personne, sans doute par égard pour le souvenir de ses relations intimes avec la coupable, demanda à Volkonski que le blâme et la sanction pécuniaire fussent retirés. Stupéfié par le reniement opportuniste que Sa Majesté exigeait de lui, le prince offrit sa démission. Elle fut acceptée.

Commentant en famille cet événement déplorable, Marius Petipa n'hésitait pas à dire qu'il donnait raison à Volkonski et que le départ de cet homme intègre, à l'esprit ouvert, ne pouvait que compromettre l'avenir de toute la troupe. Bien entendu, j'abondais dans son sens, mais, comme lui, je m'abstenais de le clamer autour de moi pour ne pas envenimer les rapports entre les danseurs déjà exacerbés par toutes sortes de racontars.

Or, les inquiétudes de Marius Petipa étaient prémonitoires. Le pire nous attendait. A la place du charmant prince Volkonski, la direction des Théâtres impériaux échut à un certain colonel Vladimir Teliakovski, lequel ne possédait aucune compétence en la matière et avait accumulé les maladresses en administrant naguère de façon aberrante le Théâtre impérial de Moscou. A peine nommé à Saint-Pétersbourg, en 1901, cet ancien officier de cavalerie entendit mener le personnel à la cravache. Dès l'abord, il se proclama disciple de l'art nouveau. Très vite, Marius Petipa comprit qu'en s'évertuant à perfectionner la danse classique il irait à l'encontre des idées réformatrices de Teliakovski et que celui-ci s'acharnerait à lui mettre des bâtons dans les roues. Je devinai si bien l'approche de l'orage que mon rôle, dans la famille Petipa, fut désormais de prêcher la patience au maître de maison devenu irritable à l'extrême. J'avoue qu'il y avait de quoi ! Chaque jour ou presque lui apportait la preuve des dispositions hostiles de Teliakovski à son égard. La plupart du temps, Marius Petipa se forçait à en rire avec une amertume mal déguisée. La première avanie qui le blessa vraiment se produisit à l'occasion de la visite en Russie du président de la République française, Émile Loubet. A la suite d'une soirée de gala donnée par Nicolas II en l'honneur du plus haut représentant de la nation amie, le président Loubet avait émis le souhait d'accueillir quelques artistes méritants pour les gratifier de décorations et de cadeaux. En tant que citoyen français et vétéran de la scène pétersbourgeoise, Marius Petipa figurait en tête des personnalités conviées à la cérémonie. Or, le jour dit, il ne reçut pas l'invitation promise. Étonné, il s'informa des motifs de cette exclusion et apprit que, sans prendre l'avis de quiconque, le directeur des Théâtres impériaux l'avait purement et simplement rayé de la liste. Le ministre de la Cour, alerté après coup, exprima ses regrets à Marius Petipa.

Mais le mal était fait. Doublement atteint, en tant que sujet français et en tant qu'artiste russe, Marius Petipa se replia sur sa douleur. Ce n'était là que le début d'une longue série de manœuvres souterraines destinées à l'abattre.

Pour le seconder dans sa campagne de démolition, Teliakovski fit venir à Saint-Pétersbourg son protégé, Alexandre Kroupenski. A Moscou déjà, Kroupenski était l'exécuteur des basses œuvres de son chef. C'est ainsi que Teliakovski le chargea, dès le début de l'année 1903, de compromettre, autant que possible, le spectacle prévu au bénéfice de Marius Petipa. Il s'agissait de fêter le jubilé de l'entrée en fonctions officielle du fameux chorégraphe. Le corps de ballet s'était cotisé pour lui offrir une couronne, en insistant sur la nécessité qu'elle lui fût remise, en grande pompe, au cours de la représentation du 9 février 1903. Le divertissement choisi pour cette soirée était *Le Miroir enchanté*, dont il avait naguère assuré la mise en scène sur une musique de Korochtchenko. A l'annonce de cet événement, le public s'était rué aux guichets du théâtre Marie. Bien avant le lever du rideau, la salle était comble. La famille impériale au complet entourait Nicolas II et Alexandra Fedorovna dans la loge d'honneur. Réfugiée derrière un portant, je prêtais l'oreille aux dernières rumeurs qui montaient vers nous de la masse invisible des spectateurs. Il y avait cinquante-cinq ans que Marius Petipa s'évertuait à les satisfaire. Cette longévité et cette fidélité méritaient, pensais-je, un hommage exceptionnel. Les mains jointes sous le menton, je priais en silence pour que la cérémonie fût digne de son objet. Je ne faisais pas partie de la distribution et, curieusement, je n'en étais que plus inquiète du résultat final.

Hélas ! dès le début, je devinai que la partie était mal engagée. Le décor, dû au peintre décadent Golovine, un affidé de Teliakovski, était d'une laideur si provocante que, malgré la présence du tsar, il y eut des murmures de mécontentement dans les galeries et même au parterre. Quant aux costumes imposés par Teliakovski et sa clique, ils ne valaient pas mieux que le décor. Sous cet accoutrement absurde, les danses les mieux réglées avaient quelque chose de caricatural. Au fur et à mesure de l'action, les manifestations hostiles s'amplifiaient. Ces rires et ces exclamations m'indignaient autant que s'ils m'avaient été personnellement destinés. J'attendais avec impatience la fin de l'épreuve pour assister au couronnement de Marius Petipa, qui suffirait, estimais-je, à effacer la désastreuse impression laissée par cette représentation défigurée et ratée. Mais, sur l'ordre de Kroupenski, lequel agissait assurément selon les instructions de Teliakovski, le régisseur baissa le rideau afin, dit-il, que la remise de la couronne eût lieu dans l'intimité et hors de la vue du public. C'était le dernier affront imaginé par notre directeur. Outrée par une telle muflerie, j'entraînai quelques danseuses à l'assaut de la scène. Bousculant le régisseur et les machinistes, nous tirâmes Marius Petipa devant le rideau et la première danseuse, Vera Trefilova, lui offrit, au nom de toute la troupe, la couronne d'argent achetée par nos soins, tandis que le public applaudissait follement.

A l'instant de cette célébration amicale, je regardai intensément l'homme que nous honorions. Le visage fatigué, la barbe grise légèrement dépeignée, l'œil égaré et triste, il semblait à la fois bouillonnant de colère et ému aux larmes par ce triomphe qui n'en était pas un. Il aimait trop son art pour ne pas souffrir d'être mal compris par des gens qui se prétendaient balletomanes. Comment pouvait-on le juger rétrograde alors qu'il s'était battu sa vie durant pour l'épuration et l'essor de la danse ? Parmi les artistes qui l'entouraient en cette minute, toutes les figures rayonnaient de joie et de dévouement. Pourtant, je remarquai que Mathilde Kschessinskaïa avait un sourire contraint. Je la savais très proche de Teliakovski. Peut-être même était-elle impliquée dans le complot. Sur le point de m'abandonner à des soupçons sans preuves, je pris la décision de me tenir éloignée de ces intrigues de coulisses. Mon culte de la danse avait trop de grandeur pour que j'eusse le droit de m'attarder à de telles petitesses.

Mon père se trouvait dans la salle. Il vint congratuler Marius Petipa à l'issue du spectacle. Chose étrange, lui non plus ne me parut pas franc du collier. En l'écoutant, en l'observant, il me sembla qu'il n'était pas mécontent de la « leçon » infligée à celui qu'il considérait, plus ou moins consciemment, comme son rival dans l'affection de sa fille. Ses compliments sonnaient faux. Son regard avait une gentillesse ambiguë. Je lui en voulus. Il n'assista pas au banquet qui suivit la soirée du jubilé. Moi, j'y participai avec tant d'ardeur que, de toast en toast, je bus un peu trop de champagne. La tête me tournait. Étourdie par le joyeux brouhaha des convives, je cherchais une signification à ma vie entre ce père qui vieillissait dans l'oisiveté, la solitude, la rancœur et ce chorégraphe célèbre qui, au terme d'une existence de travail et de réussite, était sans doute aussi malheureux que lui. Alors que Marius Petipa aurait dû être surexcité par tant d'hommages, je le devinais déçu à l'idée que ses amis eux-mêmes l'admiraient peut-être davantage pour ce qu'il avait fait hier que pour ce qu'il comptait faire demain. Aux yeux de tous, il n'était plus l'homme des projets mais l'homme du bilan. Assise en face de Marius Petipa, l'aînée de ses filles, Maria, née de son premier mariage et qui était une ballerine consommée (j'avais d'ailleurs dansé avec elle autrefois dans *La Belle au bois dormant*), me parut aussi préoccupée que moi de l'humeur morne de son père. Nous échangeâmes, par-dessus la table, un regard de mélancolique résignation. Il m'était doux de penser que je n'étais pas la seule à me ronger d'inquiétude en cette soirée de liesse officielle. Maria Petipa avait largement passé la quarantaine. Moi, je n'avais encore que vingt-sept ans, et cependant je me sentais très proche d'elle dans cette réunion où tout était irréel et malvenu. Les festivités se prolongèrent jusqu'à 2 heures du matin. Au moment de la séparation, Maria Petipa vint à moi et me glissa à l'oreille :

— Tout à l'heure, au milieu de ces libations et

de ces congratulations, je ne savais plus si j'assistais à un triste banquet de jubilé ou à un joyeux repas de funérailles !

Les jours suivants m'apportèrent la preuve que l'offensive contre Marius Petipa, loin de se ralentir, s'organisait et se renforçait. Manifestement, ses ennemis, groupés autour de Teliakovski, reprochaient au maître français d'occuper depuis trop longtemps une place enviable, de prôner un art classique qui avait fait son temps et d'ignorer les savoureuses fraîcheurs du renouveau théâtral. Appelés en renfort, deux chorégraphes, résolus à discréditer le style académique, étaient apparus à Saint-Pétersbourg. L'un d'eux, Alexandre Gorski, venait de Moscou et était un ancien élève de Marius Petipa ; l'autre, Michel Fokine, excellent danseur lui-même, avait été formé par Nicolas Legat. Mais tous deux avaient subi l'influence de Serge Diaghilev et, sans dénigrer ouvertement Marius Petipa, s'efforçaient d'introduire dans la danse une liberté, un réalisme qu'ils jugeaient préférables à la rigueur traditionnelle. Marius Petipa avait subodoré leur lent travail de sape, mais il le traitait par le mépris, espérant que cette toquade intellectuelle ne ferait pas long feu. Justement, il venait d'apprendre qu'il était question de monter un ancien opéra de Glinka, *Rousslan et Ludmilla*, dont il avait réglé jadis la chorégraphie. Il se réjouit de cette reprise, car il était assez satisfait du travail qu'il avait accompli autrefois. Or, Teliakovski était bien décidé à poursuivre sa guerre de harcèlement. Ayant fait appeler Marius Petipa dans son bureau, il lui déclara tout à trac que plusieurs danses de *Rousslan et Ludmilla* avaient affreusement vieilli et que, dans l'intérêt même du spectacle, il entendait charger le maître de ballet Alexandre Chiriaev, attaché au théâtre Marie, de concevoir une nouvelle interprétation de ces différents passages. Suffoqué par ce camouflet inattendu, Marius Petipa ne trouva rien à répondre sur le moment et se retira, brisé et humilié. Mais Alexandre Chiriaev, inquiet d'une tâche qui lui paraissait au-dessus de ses forces, alla trouver le directeur des Théâtres impériaux pour essayer d'infléchir sa décision. Il expliqua à Teliakovski qu'il se jugeait incapable de faire mieux que Marius Petipa. La réponse de Teliakovski fut péremptoire :

— Peu importe ! Ce qui compte, ce n'est pas la qualité, c'est le changement. Même si votre chorégraphie est moins bonne, elle aura l'avantage de la nouveauté !

Alexandre Chiriaev, ayant fini par céder aux injonctions du directeur des Théâtres impériaux, raconta cette entrevue à Marius Petipa et celui-ci la relata à son tour, mot pour mot, devant sa famille et devant moi-même, assemblées en une sorte de conseil d'arbitrage. Sa femme et ses filles renchérirent dans le sarcasme et l'indignation. Moi, je me contentai d'observer :

— On ne pouvait attendre une autre réaction de la part d'un homme aussi obtus et malveillant que Teliakovski. Mais Chiriaev est un faible. Il n'aurait pas dû accepter. Ne serait-ce que par égard pour vous ! S'il obéit aux ordres de Teliakovski, s'il modifie votre chorégraphie, je suis sûre qu'il s'en mordra les doigts...

La chorégraphie fut modifiée. Le spectacle eut lieu. Et, contrairement à ma prédiction, les spectateurs avalèrent ce *Rousslan et Ludmilla* nouvelle manière sans même se douter qu'ils perdaient au change. On avait dénaturé un chef-d'œuvre et nul ne criait au scandale. C'était à désespérer du public ! Marius Petipa interpréta cette indifférence unanime comme un désaveu des principes pour lesquels il avait si longtemps combattu. Il évitait de se plaindre devant nous, mais son apparente philosophie avait des failles par où le désespoir s'engouffrait, de temps à autre, avec une violence meurtrière. Il supportait de plus en plus mal d'être mis à l'écart par ceux-là mêmes qui, jadis, avaient contribué à sa renommée. Le monde bougeait trop vite autour de lui. Trop d'idées insolites traversaient le ciel au-dessus de sa tête. Des mains anonymes le poussaient doucement vers la sortie. Dans son besoin maniaque de renouvellement, Teliakovski multipliait les invitations de danseurs et de chorégraphes étrangers. Tous recevaient en Russie un accueil chaleureux et leur passage suscitait d'étranges espérances chez les amateurs d'exotisme.

Dès l'année 1900, le ballet de la Cour royale de Bangkok en tournée à Saint-Pétersbourg avait suscité un délire collectif. On louait le délicat contraste qui opposait, dans les danses siamoises, le mouvement simple et naturel des pieds et la grâce serpentine des mains et des bras ondulant au rythme de la musique. Certains souhaitaient ouvertement que l'école russe s'inspirât de cet exemple. J'entendis murmurer dans les coulisses que, si Serge Diaghilev n'avait pas quitté la Russie sur un coup de tête, il aurait certainement encouragé les chorégraphes russes à méditer l'enseignement des Asiatiques. Mais, même en son absence, des journalistes réputés pour leur sérieux critiquaient maintenant la routine académique et prônaient l'avènement d'un art spontané, débarrassé de toute entrave et attaché d'abord à l'expression des sentiments au lieu de rechercher la perfection technique. Ils affirmaient que la raison d'être de la danse était de traduire des émotions selon les inflexions de la musique et cela sans se préoccuper des cinq sacro-saintes positions des jambes, de la netteté des pointes, du nombre de tours ou de l'élégance du port de bras. En somme, ils refusaient d'admettre la supériorité de la performance physique sur le mouvement naturel du corps et voyaient l'avenir de la danse non plus dans la soumission à des règles transmises de génération en génération, mais dans une sorte d'improvisation permanente et joyeuse. En songeant aux tortures quotidiennes que je m'étais imposées durant des années pour faire des pointes impeccables et des entrechats aériens, je me révoltais à l'idée que, selon ces iconoclastes, moi et mes semblables avions travaillé pour rien ! Je préférais croire, avec Marius Petipa, que la vérité était de notre côté, que notre travail de forçats de l'illusion et du charme n'avait pas été inutile. Oui, oui, il y avait une grammaire de la danse comme il y avait une grammaire de la langue et il fallait les apprendre à fond l'une et l'autre si l'on voulait être compris de tous. Ceux qui niaient cette évidence étaient des fous dangereux ou des vandales !

Alors que je m'exaltais en silence dans mon coin à la perspective des dangers qui menaçaient la danse, des rumeurs de coulisse accentuaient à chaque instant mon angoisse. Certaines danseuses n'hésitaient pas à parler entre elles, à mi-voix, de la santé de Marius Petipa. Elles le trouvaient de plus en plus distrait, de plus en plus dur d'oreille. J'appris qu'il avait eu récemment une petite attaque cérébrale. Une des dernières recrues du corps de ballet fit même allusion devant moi aux pertes de mémoire du maître. Toisant l'insolente, je rétorquai du tac au tac :

— S'il fait semblant parfois d'oublier quelque chose, c'est pour éviter de répondre à des réflexions aussi sottes et désobligeantes que les vôtres !

En fait, j'avais remarqué moi-même que, depuis quelque temps, Marius Petipa se trompait dans les dates et mélangeait les noms propres au cours de la conversation. Mais je mettais ces absences sur le compte d'une lassitude passagère due à un surcroît de responsabilités et de soucis. Depuis le début de l'année 1903, il travaillait avec acharnement sur un ballet en un acte, *L'Idylle de la Rose et du Papillon*, dont Drigo avait composé la musique. J'étais ravie de constater l'énergie qu'il apportait à la conception de cette nouvelle œuvre. J'y voyais la preuve de sa vivacité d'esprit et de son inaltérable confiance en l'avenir. Pour comble de bonheur, il me réserva un petit rôle dans la distribution. Quand les répétitions commencèrent, je fus d'emblée conquise par l'allégresse juvénile de la chorégraphie. Il était difficile de croire qu'un octogénaire avait dans sa tête une telle réserve de fantaisie et de gaieté. Tous les interprètes de ce court ballet étaient persuadés que sa réalisation fournirait un démenti cinglant à ceux qui affirmaient que le maître français n'avait plus rien à montrer ni à dire.

Cependant, les mois passaient et Teliakovski ne se décidait pas à monter le spectacle. Nous fêtâmes les quatre-vingt-deux ans de Marius Petipa chez lui, au milieu de sa famille et de ses interprètes préférés. J'étais entourée, à table, d'Olga Preobrajenskaïa et de Vera Trefilova, toutes deux au sommet de leur carrière. Mathilde Kschessinskaïa avait également été conviée. Mais elle avait prétexté une invitation chez je ne sais quelle altesse impériale pour se décommander à la dernière minute. Pendant son banquet d'anniversaire, Marius Petipa affecta une humeur enjouée. On but à la prochaine création de *L'Idylle de la Rose et du Papillon*, dont la date n'avait toujours pas été fixée mais dont les préparatifs étaient si avancés qu'il ne pouvait être question de la retarder davantage. Après avoir vidé son verre sous les ovations, le maître de maison soupira :

— Merci, mes amis, de vos encouragements. Mais je ne me fais pas d'illusions. Du train où vont les choses, j'ai bien l'impression que je ne verrai jamais mon dernier ballet sur une scène de la capitale. Il est probable que ni ma rose ni mon papillon ne sont assez robustes pour supporter le climat rigoureux de Saint-Pétersbourg !

Nous accueillîmes cette prévision comme une boutade. Marius Petipa joignit son rire aux nôtres. Mais il avait vu juste. A quelques jours de là, Teliakovski le reçut dans son bureau et lui annonça, sans ménagement, qu'il avait décidé de le mettre à la retraite. Bien entendu, jura-t-il, Marius Petipa resterait « maître de danse honoraire » et, à la demande expresse du ministre de la Cour, le comte Frédéricks, conserverait jusqu'à nouvel ordre les prérogatives et le traitement de neuf mille roubles attachés à son ancienne fonction. Surpris par la soudaineté de cette mesure de licenciement, Marius Petipa n'en réagit pas moins avec une sérénité et une vaillance qui étonnèrent son entourage. En revenant de son entrevue avec Teliakovski, il dit simplement :

— C'était à prévoir. Je suis officiellement congédié. Mais j'ai gardé tout mon pouvoir sur le monde du spectacle. Trop de gens ont encore besoin de moi ! Si je n'apparais plus en nom sur les affiches, je continuerai à régner dans l'ombre.

Or, dès le lendemain, s'étant rendu au théâtre Marie hors des heures d'ouverture, il se heurta au concierge qui, avec fermeté et déférence, lui interdit l'entrée des coulisses. Cet homme simple et rude paraissait confus d'avoir à appliquer une consigne aussi outrageante. Les bras en croix, il marmonnait :

— Désolé, Marius Ivanovitch... Ce sont les ordres... Je n'ai pas le droit de vous laisser passer.

Abasourdi, Marius Petipa gardait le silence pendant que, devant lui, le concierge affolé répétait :

— Excusez, Marius Ivanovitch... Je n'y suis pour rien, Marius Ivanovitch...

Comme il est d'usage en Russie d'appeler les gens par leur prénom suivi du prénom de leur père, pour tout le petit personnel du théâtre le maître de danse français, dont le père se prénommait Jean-Antoine, était, lui, Marius Ivanovitch. Depuis le temps, Marius Petipa en avait pris l'habitude. Mais, cette fois, comme il allait me le confier plus tard, la respectueuse familiarité de la formule lui rappela qu'il était à l'étranger et qu'il devait se conformer aux traditions de son pays d'accueil. Ravalant son humiliation, Marius Ivanovitch, alias Marius Petipa, tourna les talons, rentra chez lui et se coucha sans un soupir. Il était malade de colère et de chagrin. Pourtant, sa faculté de réaction était demeurée intacte. Le soir même, il avait repris du poil de la bête. Quand je vins le voir, après une répétition de routine, il s'exclama :

— Ah ! ma belle ! Je vais t'en raconter une bien bonne ! Teliakovski m'interdit l'entrée du théâtre ! C'est comme si on me chassait de ma propre maison ! Mais ils verront, les canailles, je n'ai pas dit mon dernier mot !

J'étais d'autant plus ulcérée par la brutale destitution de Marius Petipa que, pendant ce temps-là, je continuais à suivre mon petit bonhomme de chemin sur la scène. Une création par-ci, une reprise par-là, j'étais encore très occupée, alors que lui en était réduit à l'inaction et à l'oubli. Je finissais par croire que la réussite, au théâtre, était plus affaire de relations que de talent. Et je ne savais à qui en appeler pour me plaindre de cette injustice. Je regrettais presque, dans mes moments de dépit, de n'avoir pas, comme Mathilde Ksches-sinskaïa, un grand-duc dans ma manche.

VI

Si les mois qui suivirent la mise à la retraite de Marius Petipa secouèrent profondément le pays, les péripéties théâtrales n'y furent pour rien. Toutes les têtes étaient malades de politique. L'entrée en guerre de la Russie contre le Japon, après le bombardement par surprise de la flotte russe concentrée dans la rade de Port-Arthur, fut certes accueillie avec un fier enthousiasme dans l'ensemble de la société. Mais l'élan patriotique soulevé par la traîtrise japonaise et par la confiance du peuple en la supériorité de son armée « invincible » tourna à l'inquiétude dès l'annonce des premiers revers. La lecture des nouvelles militaires, assez désastreuses, empêchait les esprits de s'intéresser à la vie frivole des spectacles. Même Marius Petipa était plongé dans des gazettes qu'il dévorait de bout en bout. Il s'en faisait expédier de France pour compléter son information, malgré l'inévitable retard dû aux lenteurs de la poste. Il avait besoin, disait-il, d'entendre « un autre son de cloche », celles de Saint-Pétersbourg et de Moscou lui paraissant suspectes de partialité. Et cependant, comme la plupart des Russes, il s'indignait contre les agissements des sociaux-révolutionnaires et les accusait de profiter du climat d'angoisse engendré par la guerre pour multiplier les grèves et les attentats. Sa reconnaissance envers les deux empereurs qui lui avaient successivement témoigné leur bienveillance le rendait intraitable dans sa condamnation des ennemis de la monarchie. Ces pêcheurs en eau trouble étaient pour lui les principaux responsables de la décadence des mœurs, du goût et de la tradition. Plus encore que l'affreux Teliakovski, ils préparaient l'enterrement de la vraie Russie et de la vraie beauté. Tout se tenait : les défaites sur le front et les défaites sur la scène. Plus conservateur que les monarchistes, plus russe que les Russes de sang, il pleura devant moi en apprenant, le 2 décembre 1904, l'échec dramatique de la flotte russe qui tentait de s'échapper de la rade de Port-Arthur. Les journaux publiaient des bulletins nécrologiques à côté des bulletins militaires. Dans les rares théâtres encore ouverts, les acteurs jouaient devant des salles à demi vides. On remontait, de temps à autre, certains ballets de Marius Petipa, mais il ne se dérangeait même plus pour les voir. Ses danseuses préférées, Anna Pavlova, Olga Preobrajenskaïa, Vera Trefilova et moi-même, lui rapportaient les échos de ces représentations qu'il qualifiait en souriant de « posthumes ».

L'année 1905 s'ouvrit sur une série de grèves qui, gagnant toutes les usines de Saint-Pétersbourg, aboutit, le 9 janvier, à une marche de protestataires, conduits par un certain pope Gapone, vers le palais d'Hiver. Terrée chez moi avec mon père, je n'appris que le soir l'ampleur de la répression. Chargée sabre au clair par la cavalerie, fusillée à bout portant par la troupe, la foule hurlait à l'adresse des soldats : « Qu'est-ce qui vous prend ? Nous ne sommes pas des Japonais ! » Consterné comme moi par ce massacre, Marius Petipa, que je vis le lendemain, refusait pourtant de l'imputer à Nicolas II, lequel s'était réfugié, affirmait-on, à Tsarskoïe Selo pour n'avoir pas à recevoir les délégués des manifestants. Au lieu de blâmer l'empereur, il lui cherchait des excuses : « Ceux qui ont tiré sur le peuple ont tué, certes, quelques innocents, mais un autre innocent a été, je le crains, mortellement blessé ce jour-là : le tsar. Et ça, c'est plus grave que tout ! »

Peu après, Anna Pavlova, revenant du théâtre Alexandre, nous raconta que la représentation avait dû être interrompue parce que des spectateurs criaient dans la salle : « Comment osez-vous danser, alors que le sang de vos frères a coulé à deux pas de vous dans les rues ! Qu'attendez-vous pour rejoindre les combattants de la liberté ? » Dans tout le pays, on ne parlait plus de ce fatal 9 janvier qu'en l'appelant « le dimanche rouge ».

Le 26 du même mois, le calme étant à peu près rétabli, Mathilde Kschessinskaïa put reparaître dans *Le Petit Cheval bossu*, ballet fantastique dont Marius Petipa avait imaginé l'argument et la chorégraphie une dizaine d'années auparavant. Malgré l'insistance de sa femme, de ses filles et de moi-même, il refusa d'assister à la reprise. J'y allai à sa place. Le lendemain, il me demanda si son *Petit Cheval bossu* avait fait « une bonne course ». A regret, je dus lui avouer que la salle était aux trois quarts déserte. Cette désaffection du public était, hélas ! prévisible car, en dépit d'une surveillance policière accrue, les gens de quelque importance hésitaient à sortir de chez eux par crainte des attentats. La peur, si répandue parmi les hauts personnages de l'Empire, était également ressentie par les artistes. Marius Petipa conseillait à tout homme et à toute femme de qualité d'éviter de mettre le nez dehors, car les terroristes pouvaient leur reprocher leur indifférence à la misère du peuple et les agresser pour les convaincre d'adopter une attitude plus « sociale ».

Son appréhension se transforma en panique le 4 février, quand il apprit par les journaux l'assassinat, en pleine rue, du grand-duc Serge Alexandrovitch, oncle de Nicolas II et gouverneur de Moscou. L'auteur du forfait était un social-révolutionnaire. Il s'en était glorifié après son arrestation. Ce fut le lendemain de ce meurtre politique que Marius Petipa me parla d'un projet qu'il nourrissait depuis plusieurs jours en silence. Il souhaitait retourner en France et y passer quelques mois pour se retremper dans ses souvenirs et oublier les désordres russes. Il venait d'avoir quatre-vingt-trois ans. Je ne lui cachai pas que je redoutais pour lui la fatigue d'un long voyage. Il me répliqua en disant qu'il se fatiguerait davantage à Saint-Pétersbourg où tout le monde, depuis les plus superbes dignitaires jusqu'aux plus misérables poseurs de bombes, semblait avoir perdu la boule. Malgré la tristesse que j'éprouvais à la perspective de cette séparation, je ne me sentis pas autorisée à l'en dissuader, d'autant que sa femme et sa fille Vera se réjouissaient ouvertement de l'accompagner à Paris. Le 3 mai 1905, je me rendis avec eux à la gare et les installai dans leur wagon. Une fois redescendue sur le quai, je vis Marius Petipa qui me faisait signe par la fenêtre à demi baissée de son compartiment. Je m'approchai et levai la tête. Il cligna de l'œil :

— N'oublie pas de faire tes exercices tous les jours, en mon absence, dit-il. Je veux que tu sois en pleine forme quand je reviendrai !

Je lui jurai qu'il pouvait compter sur mon assiduité, mais je savais que c'était là, de sa part comme de la mienne, des paroles en l'air. Dès qu'il aurait remis les pieds en France, il serait repris par son passé, oublierait ses amis russes, moi y compris, et ne songerait plus qu'à respirer à pleins poumons l'air du pays natal. Tout en m'efforçant de sourire, je priai Dieu de hâter le départ du train car je prévoyais que, si ce face-à-face ferroviaire se prolongeait, je ne parviendrais plus à me dominer et que j'éclaterais en sanglots. Enfin, les trois coups de sifflet libérateurs retentirent. Le convoi s'ébranla. Le wagon emportant Marius Petipa glissa sur les rails et disparut dans le lointain. Il me sembla soudain que je venais, à mon tour, d'être mise à la retraite.

Je demeurai longtemps comme engourdie par le vide absolu de mes journées. Ce fut à peine si je m'émus en prenant connaissance des derniers développements d'une guerre dont tout le monde se désolait autour de moi. Les défaites russes en

Mandchourie, la chute de Moukden, la destruction de l'escadre russe envoyée à la rescousse et qui avait été en partie coulée par les Japonais dans le détroit de Tsushima se déroulaient pour moi dans un autre monde et un autre temps que les miens. Même l'annonce des pourparlers de paix avec le Japon par l'intermédiaire du président des États-Unis me laissa indifférente. Je lisais les articles des journaux sans en comprendre la portée ni même la signification. Pourtant, dans cet état de molle inconscience, je n'oubliais pas la promesse que j'avais faite à Marius Petipa sur le quai de la gare. Je continuais ponctuellement mes exercices à la barre comme s'il se fût tenu derrière mon dos et qu'il me surveillât. C'était Alexandre Chiriaev que j'avais choisi pour répétiteur. Je le connaissais bien. Il avait un coup d'œil très sûr et une autorité affable. En me rendant à son studio, je ne sacrifiais pas à une nécessité artistique mais à une hygiène. Je m'astreignais à cette discipline corporelle comme je me lavais les dents ou me brossais les cheveux avant de commencer ma journée. Tandis que je m'appliquais ainsi, je savais que personne, jamais, ne me féliciterait de ma persévérance : ni Marius Petipa qui était loin et avait d'autres chats à fouetter, ni mon père qui se moquait de mon obstination à danser devant une glace, ni moi-même qui n'existais presque plus à mes propres yeux.

Il y avait déjà trois mois et demi que Marius Petipa était parti. Depuis, pas une lettre. J'ignorais toujours son adresse à Paris. Nul doute, à mon avis, qu'il n'eût été définitivement reconquis par la France. Son absence me laissait tout le temps voulu pour m'occuper de mon père. Lui aussi avait beaucoup vieilli et n'avait plus toute sa tête. Il me semblait qu'il faisait partie du même train qui avait emporté mon chorégraphe préféré. De Marius Petipa installé à Paris ou de mon père enfermé dans sa rêverie muette, lequel des deux était le plus éloigné de moi ? Pour visible qu'il fût, papa était un fantôme de plus dans ma vie de tous les jours. Je le soignais pourtant avec autant d'application que je poursuivais mon entraînement de danseuse. Sans passion. Par discipline. J'avais perdu jusqu'à l'innocent plaisir de me bercer d'illusions. Et soudain ce choc inouï, cette fulgurante résurgence de l'espoir au milieu d'un désert de regrets : un télégramme expédié de Berlin ! Marius Petipa m'annonçait son retour à Saint-Pétersbourg pour le lendemain soir. Assommée d'allégresse, je montrai la dépêche à mon père et m'irritai de son air obtus devant une information plus importante que d'éventuels pourparlers de paix avec le Japon.

Le 18 août, je me précipitai à la gare pour accueillir Marius Petipa, sa femme et sa fille Vera à leur descente du train. Ma joie dut leur paraître excessive, car ils me conseillèrent de retourner chez moi afin de leur laisser le temps de déballer leurs valises et de se réinstaller dans leur ancien appartement, dont ils avaient eu la sagesse de ne pas se séparer en quittant la Russie. Ils m'y fixèrent rendez-vous pour le lendemain. Quand je les retrouvai dans leur décor habituel, ce fut comme si rien ne s'était passé, ni pour eux, ni pour moi, dans l'intervalle. Cependant, je ne tardai pas à constater que Marius Petipa s'était desséché, avait blanchi et que son opinion sur les êtres et les choses était plus amère encore que jadis. Revenant de France, il était néanmoins plus sensible aux troubles de Saint-Pétersbourg qu'à ceux qui agitaient Paris. Et voici que les journaux claironnaient la nouvelle tant attendue : la paix venait enfin d'être signée à Portsmouth. Bien que vaincue et humiliée, la Russie pouvait respirer. Elle s'en tirait à bon compte. C'était aussi le sentiment de Marius Petipa. Mais, tout en se félicitant du dénouement, même tardif, d'une guerre qui ensanglantait le pays depuis un an et demi, il redoutait la réaction des révolutionnaires russes, dont il jugeait les complots plus redoutables encore que le péril japonais. La nation vivait de grève en grève, d'émeute en émeute, ce qui, selon lui, faisait le jeu des ennemis de la Russie. Au début du mois d'octobre 1905, après une série de meetings, de défilés et de proclamations, Saint-Pétersbourg se trouva paralysé par le refus de tous les travailleurs d'assumer leurs tâches habituelles. Usines désertes, tramways immobilisés, trafic ferroviaire interrompu, courrier inexistant, magasins, restaurants et théâtres fermés. Partout, des réunions de contestataires proposaient des réformes destinées à assurer le bonheur des petites gens et l'élimination des profiteurs.

Le 15 octobre, cent soixante-trois danseurs appartenant aux théâtres impériaux tinrent une assemblée pour discuter de l'avenir des métiers du spectacle en Russie et formuler des revendications à soumettre au directeur actuel. Anna Pavlova et Michel Fokine rédigèrent une pétition « raisonnable » qu'ils comptaient présenter au ministre de la Cour, le comte Frédéricks, ainsi qu'à Teliakovski, et demandèrent à Marius Petipa de contresigner le document. Il refusa, sous prétexte qu'il ne faisait plus officiellement partie de la compagnie et que son « honorariat » l'obligeait à la réserve. Le 16 octobre, on donnait en soirée le ballet *Giselle*, dont il avait assuré la chorégraphie. Mais les machinistes, par « solidarité révolutionnaire », avaient coupé le courant. Le spectacle fut annulé à la dernière minute. Des patrouilles de gendarmes sillonnaient la ville plongée dans les ténèbres.

Le lendemain, 17 octobre, le tsar, conseillé par son Premier ministre, le comte Witte, accordait un semblant de constitution à la Russie. Le peuple en liesse parcourait les rues en acclamant cette nouvelle Douma qui, disaient les optimistes, allait transformer un empire archaïque en une démocratie moderne. Il y avait dans la foule autant de drapeaux aux couleurs nationales que de drapeaux rouges. Un de ceux qui se réjouissaient le plus ouvertement du triomphe des « idées avancées » s'appelait Serge Legat, le frère cadet de Nicolas Legat. C'était un brillant danseur du théâtre Marie, que je connaissais bien et qui, depuis longtemps, s'insurgeait contre l'autoritarisme systématique d'un Teliakovski. Il avait épousé Maria, la fille de Marius Petipa, se produisait parfois avec elle sur scène et l'avait gagnée à ses opinions libertaires. Mais j'avais entendu dire que le ménage tanguait sérieusement et que l'humeur de Serge Legat tournait au fanatisme. A la moindre déception politique ou professionnelle, il maudissait le régime et reprochait à sa femme de n'être pas à son diapason dans la fureur. Le 19 octobre, pour des raisons mystérieuses, il se suicida en se tranchant la gorge. Cette mort inexplicable jeta le trouble dans la petite confrérie des danseurs. Maria Petipa s'imaginait responsable de la mort de son mari, alors qu'elle n'y était pour rien. Ce remords permanent la tourmentait au point de transformer son caractère, jadis enjoué. Renfermée sur son secret, elle se révéla distante, sauvage et comme hostile, par vengeance, à toutes les formes de sentiment esthétique. Les funérailles de Serge Legat rassemblèrent, derrière le corbillard, une foule de danseuses et de danseurs. Même ceux qui ne l'avaient pas connu se considéraient comme personnellement atteints par ce deuil. Son geste insensé avait fait de lui un symbole de l'art sacrifié aux exigences de la politique. De fou, il était devenu martyr. Marius Petipa fut invité à se joindre au cortège funèbre. Il refusa, afin, dit-il, de ne pas donner à son chagrin une signification partisane.

Malgré l'octroi d'une constitution, les troubles et les grèves continuaient d'affecter la Russie. Les travailleurs avaient goûté aux délices de l'obstruction systématique. Ils s'étonnaient de leur soudaine importance, face à une autorité qu'ils jugeaient naguère inébranlable. Ce fut seulement au début du mois de novembre qu'ils se lassèrent de protester et que les différentes activités du pays reprirent leur rythme normal. Afin de saluer ce retour au calme, Marius Petipa consentit à signer une adresse de remerciement au tsar pour avoir donné à tous ses sujets la possibilité d'exprimer librement leur pensée à travers les votes de la Douma. Patatras ! Le mois suivant, les mêmes travailleurs se remettaient en grève. Un comité de danseurs et de danseuses rédigea un manifeste exigeant le droit de se substituer au directeur des Théâtres impériaux pour toute décision concernant le choix des spectacles et les émoluments des interprètes. Sollicité de participer à cette démarche démocratique, Marius Petipa s'y opposa catégoriquement. En dépit de ses anciens griefs contre Teliakovski, il ne pouvait que lui donner raison contre les danseurs mécontents. Fidèle à lui-même, il continuait de préférer, en politique comme en art, la discipline au désordre, le travail consciencieux aux innovations fulgurantes et la tradition classique aux expériences sans lendemain.

Le soir où il prit la décision de ne pas faire cause commune avec la plupart des danseurs qu'il avait formés au long des années, j'assistai à l'une de ces réunions familiales au cours desquelles il aimait exposer ses opinions et ses projets. Il y avait là, groupés au salon, Marius Petipa, sa femme Lioubov, sa fille Vera, son autre fille Maria, murée dans un silence vindicatif depuis la mort de son mari, et moi-même qui, au propre comme au figuré, ne savais plus sur quel pied danser. Subitement, j'osai poser au maître la question qui me tarabustait depuis des mois. Comment se faisait-il qu'après un séjour si agréable en France il eût éprouvé le besoin de revenir en Russie, où il se doutait bien qu'il trouverait un peuple irrité par les conséquences d'une guerre imbécile et des révolutionnaires plus disposés à tout casser qu'à applaudir le ballet de *Giselle* ? Ma curiosité l'étonna et, tout à coup, il changea de visage. J'eus l'impression que, touché par le doigt d'un magicien, le Marius Petipa que j'avais accueilli à sa descente du train redevenait le Marius Ivanovitch que j'avais connu avant son départ pour la France. Son sourire même avait quelque chose de russe.

— Tu sais, ma belle, dit-il pensivement, notre vraie patrie ne se trouve pas sur les cartes. Chacun de nous a la sienne, qui se moque de la géographie. Bien sûr, en arrivant en France, j'ai eu un coup au cœur. Tous mes souvenirs se sont ravivés à la fois. Il y en avait trop ! J'étais submergé, noyé de bonheur. Et puis les affaires publiques m'ont rattrapé. Là-bas aussi, la politique empoisonne l'air. Partout des mécontentements, des querelles, la haine du voisin, la peur de l'avenir... J'ai voulu me guérir de cette hantise en fréquentant les théâtres. Ceux de Paris sont merveilleux. La danse y est à l'honneur. Pas autant qu'en Russie, évidemment ! Mais ça commence ! Diaghilev, qui s'y est installé, fait du bon travail. Il cherche à attirer en France les meilleurs danseurs, les meilleures danseuses de Russie. Comme il paie bien, il est capable de réussir ! D'ailleurs, il ne manque pas de talent. Je n'approuve toujours pas sa manie réformatrice, mais je reconnais qu'il a de la suite dans les idées. Seulement voilà, à force de renier la technique au profit du naturel, il risque de transformer l'art chorégraphique en une bouillie informe. En permettant tout, il n'aboutira à rien. Ou à n'importe quoi, ce qui revient au même ! Si ça continue, la danse ne sera plus une traduction visuelle de la musique, mais une gymnastique destinée à l'expression des sentiments les plus élémentaires. Heureusement, nous n'en sommes pas encore là ! Il faut se cramponner, résister... Bref, tout ce que je voyais en France, que ce soit dans la rue ou sur la scène, m'inquiétait !

— Et c'est pour ça que vous êtes rentré en Russie ? demandai-je encore.

— Non, dit-il, je ne suis pas revenu parce que la France m'agaçait ou me décevait... Je suis revenu parce que...

Il hésita sur les mots, marqua une pause pour s'assurer qu'il ne se trompait pas et acheva sa phrase d'une voix éteinte, comme si son aveu lui coûtait :

— Je suis revenu parce que j'ai compris que, si mon lieu de naissance était là-bas, mon lieu de vie était ici... Depuis bientôt soixante ans que j'ai débarqué parmi vous, j'ai fini par me sentir totalement des vôtres. Je parle russe comme un cochon, je connais à peine l'histoire de cet immense pays, et cependant tout ce qui est russe me touche autant que si j'étais né à Moscou et que j'avais écrit en russe mes premières lettres d'amour ! Ce que la Russie m'a donné, c'est bien plus que la possibilité d'exercer un métier qui demeure ma raison d'être. C'est l'amitié de tout un peuple qui, oubliant mes origines, m'a mis au monde une seconde fois. En Russie, du tsar Nicolas II au plus humble spectateur payant, chacun s'est efforcé de m'aider à faire triompher la danse classique russe au-delà des frontières, et jusqu'en France !

— Même Teliakovski ? murmurai-je ironiquement.

— Eh oui ! s'écria Marius Petipa. Il croyait me décourager par ses stupides tracasseries, et il m'a ouvert les yeux sur le sens profond de mon effort. En me retournant sur mon passé, je puis dire que, malgré lui, malgré ceux qui, ici ou là, me critiquent encore, je ne remercierai jamais assez la Russie de m'avoir soutenu tout au long de mes travaux. Si j'ai pu mener à bien ma carrière de chorégraphe, c'est grâce à une nation qui n'est pas la mienne. Devant les splendeurs de Paris, j'avais la nostalgie non seulement des quais de la Neva, mais de la musique des voix russes dans les rues, des interminables discussions russes autour d'un samovar, de la plate campagne russe, des bouleaux russes, de l'indéfinissable odeur russe qu'on respire dès qu'on franchit le seuil d'une maison modeste et que le bortsch familial mijote dans la cuisine. Si tu veux rester à dîner avec nous, ma belle, attends-toi à manger du bortsch franco-russe avec des pirojki. Ça te va ?

J'acceptai de grand cœur, bien que mon père m'attendît à la maison. Mais je lui avais laissé entendre qu'il se pourrait que je fusse retenue chez les Petipa. Il ne s'inquiéterait donc pas : c'était l'essentiel ! Certes, je savais maintenant que Marius Petipa n'était pas revenu à Saint-

Pétersbourg à cause de moi, mais par amour de la Russie, et cependant j'éprouvais le sentiment d'avoir remporté une victoire. Après tout, la Russie à ses yeux, c'était un peu moi ! Cela suffisait à ma joie intérieure.

Après un repas savoureux et bavard, je rentrai à la maison pour retrouver mon père qui avait dîné seul et s'était couché sans m'attendre. J'allai l'embrasser alors qu'il était déjà à moitié endormi. Il ne m'interrogea même pas sur ma soirée et je regagnai ma chambre avec le vague remords d'une infidélité tolérée. Comme Marius Petipa estimait que son pays n'était pas celui de sa naissance, mais celui de sa réussite et de ses amitiés, de même je songeai que ma maison familiale n'était pas celle de mon enfance mais celle de mon bonheur présent. Je parle de bonheur et pourtant, dès le lendemain du retour de Marius Petipa, cette impression de délivrance et d'harmonie était à nouveau menacée.

L'année 1905 avait été marquée, en Russie, non seulement par des événements militaires et politiques, mais par une dangereuse déviation du goût artistique chez les intellectuels en quête de frissons inédits. La danseuse américaine Isadora Duncan, après avoir ébloui Paris et Berlin, avait entrepris la conquête du nord de l'Europe. Son apparition à Saint-Pétersbourg avait ranimé la querelle entre conservateurs et novateurs. De nombreux spectateurs friands de sensations originales criaient au génie devant les évolutions de la sylphide aux pieds nus et aux voiles flottants. Elle ne portait pas de maillot collant, laissait voir ses jambes et interprétait des musiques qui n'avaient pas été écrites pour être dansées, ce qui donnait plus de liberté encore à ses mouvements. Par contraste avec cette fête impudique du corps, les conventions du ballet classique paraissaient d'une rigueur et d'une froideur désuètes. Les thuriféraires d'Isadora Duncan prétendaient qu'elle apportait le même renouveau dans la chorégraphie que les impressionnistes français dans la peinture. Marius Petipa n'avait assisté à aucune exhibition de la nouvelle coqueluche des salons pétersbourgeois. Mais il lisait soigneusement les comptes rendus des journaux, écoutait attentivement les récits de ceux qui avaient eu l'occasion de voir le phénomène Isadora Duncan en chair et en os et ne manquait jamais de les mettre en garde contre les dégâts que le passage de cette charmante incendiaire risquait de provoquer dans la vie théâtrale du pays.

— Ce n'est pas de la danse, disait-il. Tout au plus une mimique faussement inspirée de l'Antiquité, un divertissement de gymnastique, une virtuosité sans lendemain ! Regardez-la... Mais surtout, ne cherchez pas à l'imiter... Elle vous entraînerait vers les abîmes de la facilité...

Moi qui, contrairement à Marius Petipa, avais vu Isadora Duncan sur scène, je partageais sa méfiance envers la prêtresse de la danse spontanée, tout en estimant qu'il y avait peut-être un enseignement à tirer de cette insurrection du corps féminin contre les exigences traditionnelles. Devant mon vieux maître, de plus en plus sceptique, j'émis timidement l'hypothèse que, après la bruyante réclame dont on nous cassait les oreilles, le calme reviendrait de lui-même et que la danse classique retrouverait son prestige, mais « affinée, rafraîchie ». Marius Petipa réagit violemment à cette prévision optimiste :

— La danse n'a pas besoin d'être rafraîchie ! Ce sont les danseurs, les danseuses qui ont besoin de l'être ! Et ils ne le seront qu'en approfondissant l'enseignement des anciens sans chercher à l'améliorer par des inventions de saltimbanques !

L'avenir lui donna raison, en apparence. L'année suivante, il me sembla que l'engouement du public pour Isadora Duncan s'estompait et que, de nouveau, les spectacles du répertoire classique avaient la cote. Mais Marius Petipa se désintéressait de cette revanche. Il était si fatigué, si découragé qu'il gardait volontiers la chambre, se contentait de lire les gros titres des journaux, ne répondait plus aux lettres et se plaignait de l'humidité et du froid qui paralysaient ses membres. Sa fille Vera souffrait d'une toux chronique. Le climat de Saint-Pétersbourg ne leur valait rien ni à l'un ni à l'autre. Marius Petipa décida de partir avec sa famille pour Gourzouf, en Crimée. Il avait toujours aimé s'isoler dans cette petite station balnéaire pour échapper aux obligations d'une carrière trop remplie. Raison de plus pour s'y précipiter maintenant. En effet, plus rien ne le retenait dans la capitale. Si l'on montait, de loin en loin, un de ses ballets au théâtre Marie, c'était en souvenir de ses succès d'antan et sans même le consulter sur les éventuels changements qu'il eût souhaité apporter à ses anciennes chorégraphies. Ce fut donc d'un cœur léger qu'il alla à la rencontre du soleil et de l'oubli sur les bords de la mer Noire.

A peine l'avais-je mis dans le train que je dus m'occuper de mon père, qui, lui aussi, avait pris froid et dont les forces déclinaient rapidement. Le médecin, accouru à mon appel, diagnostiqua une « mauvaise grippe ». Heureusement, dix jours plus tard, l'alerte était passée ; mon père quitta son lit et je pus reprendre mon entraînement quotidien, sous la direction d'Alexandre Chiriaev. Il y avait parmi ses élèves un garçon de vingt-deux ans, Boris Khlebnikov, d'un physique agréable et d'un talent prometteur. Tout le désignait pour une belle carrière. J'avais d'ailleurs eu l'occasion de danser avec lui dans quelques spectacles secondaires. Grand, brun, élancé, le visage rieur, les dents très blanches, avec quelque chose d'asiatique dans le modelé des pommettes et la sombre intensité du regard, il était d'une souplesse et d'une agilité étonnantes. Sa façon d'exécuter un bond ou de me « porter » était quasi acrobatique. Quand il me soulevait de terre en me tenant par la taille, j'avais l'impression de ne plus avoir ni poids ni consistance. Je n'étais qu'un accord musical suspendu dans l'air.

Teliakovski, qui était toujours aussi solidement installé à son poste, ne tarissait pas d'éloges à son égard. Cette approbation supérieure aurait pu tourner la tête à Boris Khlebnikov. Or, il ne me cacha pas qu'il se méfiait des compliments de ce personnage autoritaire, pontifiant et retors et que, pour l'instant, les seules opinions qui lui importaient étaient celle d'Alexandre Chiriaev et la mienne.

Une telle maturité d'esprit et une telle franchise chez un être aussi jeune achevèrent de me troubler. Malgré notre différence d'âge, une grande sympathie se noua entre nous, à notre insu. Moi qui n'avais jamais été attirée par un homme au point de lui sacrifier mes ambitions théâtrales, je me sentais bizarrement émue quand Boris Khlebnikov me confiait ses inquiétudes, ses espoirs et me demandait mon avis sur ses moindres projets. Il était orphelin, avait été élevé par un oncle, aujourd'hui décédé, et habitait dans une chambre qu'Anna Pavlova avait mise à sa disposition dans son appartement. Tout cela, je ne sais trop pourquoi, me le rendait de jour en jour plus attachant. En vérité, mon penchant pour lui ressemblait à une tendresse maternelle. Je l'invitais parfois à dîner chez nous. Mon père, d'habitude si ombrageux, était toujours content d'accueillir à notre table cet hôte remarquable de vitalité et de modestie. Pourtant, il devait bien se douter que mon amitié pour Boris Khlebnikov glissait imperceptiblement vers un sentiment plus intime et plus grave. J'avais maintenant trente-trois ans, dix de plus que Boris. Je me reprochais souvent cette inclination aberrante, mais, au plus fort de ma révolte contre moi-même, j'éprouvais la joie insolite, insolente d'apprendre, sur le tard, qu'il existait pour moi une autre raison de vivre que la danse. Souvent, plantée devant la glace, interrogeant mon reflet, je déplorais la flétrissure naissante de mes paupières et demandais à mes yeux, qui avaient gardé tout leur éclat, de racheter la médiocrité de l'ensemble. Bien que je n'eusse rien révélé à mon père, j'étais sûre qu'il avait deviné, depuis longtemps, que j'étais amoureuse. Mais il ne se formalisait pas de cette idylle intempestive. Par un étrange retournement de l'esprit, lui qui avait été si jaloux de mon engouement pour le vieux Marius Petipa s'amusait visiblement de ma passion pour le jeune Boris Khlebnikov. On eût dit que, dans sa vanité paternelle, il acceptait mieux ma toquade pour un homme proche de ma génération que pour un homme de la sienne. Dans le second cas, il y avait une sorte de rivalité ; dans le premier, un retour à l'ordre naturel du monde.

Nous fîmes si bien, papa et moi, que Boris Khlebnikov devint rapidement un familier de la maison. Notre paisible bonheur à trois fut, hélas ! de courte durée. Peu de temps après avoir guéri de sa grippe, mon père reprit froid et dut de nouveau s'aliter. Comme la fièvre ne baissait pas malgré les remèdes, je ne quittais plus l'appartement. Boris Khlebnikov se proposa pour me relayer au chevet du malade. J'acceptai avec gratitude. L'optimisme du médecin ne suffisait pas à calmer mon angoisse. La grippe tournait à la pneumonie. Mon père étouffait, divaguait, parlait dans son délire à ma mère morte, à des camarades de scène disparus depuis longtemps et ne se taisait qu'au moment où sa toux s'achevait en un râle sourd qui lui déchirait la poitrine. Mon seul réconfort dans ce cauchemar était la visite quotidienne de Boris. Alors que l'état de mon père semblait désespéré, il me conseilla d'appeler un prêtre. Cette suggestion venant d'un très jeune homme, avec qui je n'avais jamais causé de religion, me toucha aux larmes.

Le médecin appuya l'idée de Boris. Le prêtre vint. Ayant reçu l'extrême-onction, mon père éprouva un léger mieux. Il voulut même boire un bouillon chaud. Ce fut Boris qui le lui prépara. Peu après l'avoir avalé par petites gorgées, il retomba dans l'inconscience. Sa décrépitude était telle que j'en venais à souhaiter la fin. Elle survint le 3 octobre 1909.

Je n'avais jamais encore apprécié à sa valeur la place que mon père occupait dans ma vie entièrement vouée à la danse. Or, il était le point intangible, la référence familiale dont je prétendais me dispenser. En m'abandonnant pour passer dans l'autre monde, il me laissait plus démunie qu'une orpheline sans appui et sans expérience. Au lendemain de son enterrement, ma solitude devint si poignante que chaque jour, en quittant le studio d'Alexandre Chiriaev où je m'étais étourdie de fatigue, je me sentais comme aspirée par un vide sans fond. Le froid de l'absence engourdissait mon cerveau, alors que je continuais de sourire machinalement à mon entourage. Entre-temps grandissait en moi le besoin d'une présence permanente, chaleureuse et désintéressée. Quand cette nécessité d'avoir à domicile un témoin de mes pensées et de mes actes les plus anodins confina à l'idée fixe, je compris que le meilleur remède contre ce désarroi n'avait pas varié depuis des siècles. Après avoir longuement lutté, par fierté ou par sottise, je demandai à Boris de venir habiter chez moi. Nous formions un couple libre et par conséquent honni par les gens de bien, ce qui ne me déplaisait pas. Je pensais souvent à mon père : je me disais que, n'ayant pas désavoué ma conduite au début, il m'aurait soutenue aujourd'hui dans mon mépris du qu'en-dira-t-on. J'aurais aimé aussi avoir l'approbation de Marius Petipa sur cette union hors mariage. Je n'en eus pas l'occasion. Au cours de l'été 1910, les journaux m'apprirent sa mort, survenue à Gourzouf. Par un étrange concours de circonstances, il s'était éteint le 14 juillet, jour de la fête nationale d'un pays qu'il avait quitté pour se donner, corps et âme, à la Russie. Je voulus voir dans cette coïncidence une dernière tentative de la France pour se rappeler au souvenir de son fils transfuge. A quelques jours de là, je reçus une lettre de sa fille Vera. Elle m'écrivait que son père était resté lucide jusqu'au bout et que ses dernières paroles avaient été pour exprimer sa gratitude envers la Russie qui l'avait si bien traité et son désir d'être enterré dans un cimetière de sa seconde patrie.

Marius Petipa disparaissant peu après mon père, la mesure était comble. Plus de ces bonnes soirées de bavardage chez les Petipa, émaillées d'anecdotes sur la vie théâtrale et de commentaires esthétiques enflammés, plus de ces retours tardifs à la maison où je retrouvais mon père, toujours un peu éméché, mais résigné, souriant, et qui souvent attendait pour se coucher que je lui eusse fait le récit détaillé de ma journée. J'étais si désemparée par ce double deuil que je me sentis de trop dans une capitale qui subitement avait perdu son âme. Ce fut alors que Boris Khlebnikov me parla avec insistance de Serge Diaghilev, lequel avait déjà lancé avec succès la saison des Ballets russes à

Paris et recrutait des danseurs à Saint-Pétersbourg et à Moscou pour compléter sa troupe. En l'écoutant vanter les mérites de ce courageux animateur de spectacles, je compris qu'il brûlait de suivre l'exemple de Fokine, de Karsavina, de Nijinski, de Pavlova et de tant d'autres qui, cédant à la tentation, avaient choisi de poursuivre leur carrière à l'étranger sous de meilleurs auspices. Il me demanda si j'étais prête à l'accompagner dans une telle aventure et m'assura que, même si je n'étais pas immédiatement engagée par Diaghilev, je trouverais le moyen, avec ma longue expérience et mon nom déjà répandu dans les milieux artistiques, d'ouvrir un cours de danse à Paris. Je lui ris au nez et le traitai de fou. Malgré les avantages qu'il faisait miroiter à mes yeux, je ne me voyais pas abandonner ma ville natale. Libre à des artistes moins attachés à leur terre de courir le monde en quête d'une consécration internationale ! Je préférais, moi, rester simplement une ballerine de Saint-Pétersbourg ! Puis cette vision étroite de mon destin me sembla anachronique, périmée. L'enthousiasme de Boris était communicatif. Ma crainte de l'exil évolua lentement vers l'envie de découvrir une vie nouvelle dans un pays nouveau, auprès d'un être tout entier tourné vers l'avenir. Les questions matérielles furent vite réglées. J'avais épargné un peu d'argent, lors de mes dernières prestations au théâtre Marie, et la vente de l'appartement de mon père, dont j'avais hérité à sa mort, m'assurait une certaine aisance. Je me disais aussi, pour achever de lever mes scrupules, qu'en me rendant à Paris afin d'y promouvoir la danse classique je continuerais, même très modestement, l'œuvre de Marius Petipa. Il avait mis son talent de danseur français au service de la Russie. Je mettrais mon talent de danseuse russe au service de la France. Un échange de bons procédés, en somme. Le remboursement d'une dette chorégraphique d'un pays à l'autre. Tout à coup, mon bonheur de femme et mon bonheur d'artiste n'en formèrent qu'un. Je m'étonnai de n'avoir pas découvert plus tôt que ma vocation m'appelait au-delà des frontières. Ainsi révélée à moi-même, je ne tenais plus en place. C'était Boris Khlebnikov qui maintenant lanternait. Comme si, au moment de sauter le pas, il avait peur de se lancer dans un gouffre. Les rôles étant renversés, j'avais vingt-quatre ans et lui trente-quatre. Je hâtai les préparatifs. Nous partîmes le 3 janvier 1911. Quand le train s'ébranla, j'eus l'impression fulgurante que je ne laissais personne en Russie, alors qu'un être cher m'attendait en France.

VII

C'était ma première visite à Paris. Cependant, j'avais tellement entendu parler des splendeurs de cette ville qu'en la découvrant j'avais l'étrange sensation d'un retour sur les lieux de mon enfance. A chaque coin de rue je m'attendais à rencontrer Marius Petipa. Je croyais le voir s'avancer vers moi, droit comme un peuplier malgré son âge, la barbe poivre et sel éclairée par un sourire malicieux et une canne au pommeau d'argent à la main. Mais l'illusion se dissipait dès que j'approchais de lui. Aucun de ces Français n'était *mon* Français. Et pourtant, même ceux qui ne lui ressemblaient pas me le rappelaient par quelque détail de leur physionomie.

Les débuts de mon séjour en France furent marqués par une série de réussites qui ne me satisfirent qu'à demi. Avant de quitter Saint-Pétersbourg, Boris avait pris tous les contacts nécessaires avec Serge Diaghilev pour préparer notre arrivée. Le terrain était sûr. On nous attendait ! Ou plutôt, on l'attendait, lui. Il fut immédiatement engagé dans les Ballets russes. Le chorégraphe attitré en était

Michel Fokine, l'étoile masculine le bondissant et flamboyant Vaslav Nijinski, les étoiles féminines Tamara Karsavina et Mathilde Kschessinskaïa. Moi, sans doute à cause de mon âge, on me fit comprendre que, pour l'instant, la compagnie était au complet mais qu'on penserait à mon cas dans les semaines à venir. Renonçant à me garantir un emploi dans la troupe, Michel Fokine m'assura qu'en raison de mon excellente réputation il m'aiderait à ouvrir un cours de danse classique à Paris. Je trouvai Serge Diaghilev grossi, appesanti, mais toujours aussi convaincu d'avoir la science chorégraphique infuse. Il y avait un contraste saisissant entre sa silhouette massive et la finesse de ses propos. Mû par un élan de générosité, il prit ma situation à cœur et m'avança même un peu d'argent pour la location d'un studio où je pourrais dispenser mon enseignement. J'en dénichai un à ma convenance à deux pas de notre logement parisien, avenue Gourgaud, dans le XVIIe arrondissement. Boris me conseilla de placer des annonces dans les journaux français. Malgré cette publicité, aucun élève ne répondit à mon offre. J'en fus réduite à m'entraîner seule avec Boris dans le studio, devant la grande glace murale qui faisait face à la barre. Puis Boris me délaissa, car, contrairement à moi qui souffrais de mon oisiveté, il était pris par la préparation des spectacles de Diaghilev. Les Ballets russes étaient devenus une des principales curiosités artistiques de Paris. Le public s'y ruait avec un enthousiasme qui me flattait comme si j'en avais été partiellement responsable.

Le 13 juin 1911, j'assistai à la création, au

théâtre du Châtelet, de *Petrouchka*, sur une musique ultra-moderne de Stravinski et dans une chorégraphie audacieuse de Fokine, avec Karsavina dans le rôle de la danseuse et Vaslav Nijinski dans celui de Petrouchka. La combinaison des sauts acrobatiques et de la mimique baroque du personnage de la marionnette obéissant à la flûte du montreur fit courir sur ma peau les délicieux frissons de la découverte. Tout à coup, je compris que la tradition académique prônée par Marius Petipa était sur le point d'être dépassée. Cette menace de déclin me heurta douloureusement, comme une insulte à la mémoire d'un créateur qui n'était plus là pour se défendre. Il me semblait qu'en admirant Nijinski et Fokine je trahissais Marius Petipa. J'avais honte de mon engouement sacrilège, et cependant je ne pouvais m'empêcher d'applaudir.

D'autres ballets de Diaghilev me permirent d'apprécier les performances de Boris. Lui aussi fit preuve, notamment dans *Daphnis et Chloé* et dans *Carnaval*, d'une qualité d'exécution qui, sans atteindre au génie de Nijinski, méritait d'être louée dans les journaux. Le succès de presse de Boris me rassurait sur notre avenir à tous les deux. Instinctivement, je préférais la solidité à la fulgurance. Cette opinion se renforça dans mon esprit l'année suivante, le 29 mai 1912, lors de la première du *Prélude à l'Après-midi d'un faune*, mis en scène par Michel Fokine sur la musique de Debussy. Cette fois, les contorsions et les sauts extravagants de Nijinski me choquèrent par leur bestialité. Il traduisait si bien les pulsions animales de son personnage qu'il déshonorait, à mes yeux, la vocation de la danse, expression intemporelle de la pureté et de l'harmonie. Quand, à la fin de son numéro, le faune se coucha lascivement sur le ventre et baisa la terre de sa bouche altérée, je ressentis la colère de Marius Petipa qui me visitait par-delà le tombeau. Quelques sifflets, mêlés aux ovations du public, m'apprirent que je n'étais pas la seule à déplorer cette concession à la vulgarité des novateurs.

Ce n'était d'ailleurs pas la première indécence de ce danseur exceptionnel. L'année précédente, lors d'un passage de la troupe de Diaghilev à Saint-Pétersbourg, où Nijinski devait interpréter un des rôles du ballet *Giselle*, il avait refusé d'enfiler un caleçon sous le costume de scène dessiné pour lui par le peintre Alexandre Benois. On devinait son exacte anatomie sous le tissu léger. La famille impériale, qui assistait au spectacle, avait été offusquée par cette exhibition « du dernier mauvais goût ». Le grand-duc Serge Mikhaïlovitch, cousin de l'empereur, avait exigé que le coupable fût frappé d'une lourde amende. Conseillé par Serge Diaghilev, Nijinski avait riposté en offrant sa démission, ce qui avait entraîné le retour à Paris de toute la compagnie. Et voici qu'il réitérait en France des provocations comparables à celles qu'il avait voulu imposer en Russie. Le soir même, en rentrant du théâtre, je parlai à Boris de ce « faune éhonté » et il me donna tort sur toute la ligne. A son avis, Nijinski avait fait franchir un « pas considérable » à la danse en la dépouillant de toutes les affèteries de l'académisme. Il appelait ce défi au bon sens « l'avènement d'une franchise totale dans le domaine de l'esthétique ». Nous discutâmes longtemps avec flamme, avant de nous endormir dans les bras l'un de l'autre. D'ailleurs, j'étais assez encline à lui céder sur ce point qui m'avait paru jusque-là capital. Notre entente charnelle me rendait si heureuse que je me demandais parfois si je n'avais pas gâché ma vie en m'interdisant trop longtemps les tourments et les jubilations de l'amour pour me consacrer à ceux de la chorégraphie. N'avais-je pas renoncé à l'essentiel de mon rôle de femme en préférant la cruelle gymnastique du ballet à la gymnastique voluptueuse du lit ? N'avais-je pas troqué la vérité contre le faux-semblant, la chaude nudité de la peau contre les artifices du maquillage de scène ? J'en arrivais presque à regretter l'époque où la douleur de mes orteils comprimés par les chaussons, les élancements fulgurants dans mes muscles lors du travail à la barre, la fatigue acceptée, surmontée pendant les évolutions « au milieu », dans le centre du studio, me rappelaient délicieusement que j'étais, corps et âme, au service d'un art qui méritait tous les sacrifices. Les élucubrations « avant-gardistes » d'un Fokine ou d'un Nijinski risquaient, pensais-je, de priver la danse d'un indispensable apprentissage de souffrance, d'abnégation et de dignité.

J'avoue que je cessai de dénigrer l'influence délétère de la nouvelle école lorsqu'une demi-douzaine d'élèves me furent confiés par leurs parents sur la recommandation de Diaghilev et de Fokine. Si on s'intéressait encore à moi, émule de Marius

Petipa, pour enseigner à des néophytes, c'est que la tradition avait de beaux jours devant elle, en dépit des « aventuriers » ! Ma petite classe comprenait cinq fillettes et un garçon. Tous français. Mes annonces dans les journaux et le bouche à oreille avaient porté leurs fruits. C'était inespéré.

Du jour au lendemain, mon emploi du temps changea. Je m'adonnai à mon rôle magistral en essayant de transmettre fidèlement les principes que j'avais reçus de Marius Petipa. Au début de l'année 1914, le nombre de mes élèves s'élevait à quinze. J'étais reconnaissante à la France de m'avoir accueillie et de me permettre de m'affirmer aujourd'hui, comme la Russie l'avait fait jadis pour Marius Petipa. Or, si ma carrière de professeur se déroulait sans accrocs, celle des Ballets russes de Serge Diaghilev était à la fois étincelante et mouvementée. A la suite de je ne sais quel différend sentimental, il s'était séparé de Nijinski, lequel, chuchotait-on, était en train de perdre la raison, et l'avait remplacé par l'excellent Léonide Massine. Alors que Nijinski fondait sa propre compagnie à Londres, Fokine demeurait en fonctions à Paris et multipliait les ballets les plus subversifs dans les décors les plus déroutants. Son but semblait être de réveiller les gens par des chocs réitérés et de les intéresser à toutes les excentricités qui lui passaient par la tête. Ses spectacles avaient des allures de bacchanales. Rien n'y était interdit, à condition d'offrir au public une sensation inédite. Pour calmer mon inquiétude face à cette effervescence dont je ne pouvais ni déceler la beauté, ni approuver les excès, je me disais que, dans leur souci d'élargir les frontières de l'art, Diaghilev et Fokine ne s'employaient pas à « démoder » Marius Petipa, mais à pousser plus loin encore ses recherches chorégraphiques. A partir du moment où je ne les considérai plus comme des démolisseurs acharnés mais comme de hardis continuateurs, je me résignai à parler d'eux à ma petite classe sans les condamner outre mesure. La certitude que nous travaillions tous pour développer, chacun à sa façon, le rayonnement universel de la danse m'aidait à supporter les mauvaises nouvelles que je lisais, presque malgré moi, dans les journaux.

En Russie — si loin de moi ! —, les soubresauts sanglants des révolutionnaires ponctuaient la monotonie de l'actualité. L'assassinat du ministre Stolypine en plein théâtre, sous les yeux du tsar, les échos de l'influence diabolique prise par l'affreux Raspoutine sur la famille impériale, les interpellations injurieuses pour le gouvernement par certains députés de gauche à la Douma, tout cela formait dans ma tête un mélange de laideur et de honte que je m'évertuais à oublier en dispensant mon enseignement à mes élèves dans le studio de l'avenue Gourgaud. Néanmoins, il suffit de la visite, le 6 juillet 1914, du président de la République française, Raymond Poincaré, en Russie et de l'accueil fraternel que lui réserva Nicolas II pour balayer mes dernières craintes. Boris Khlebnikov, qui dansait le soir même dans un ballet de Fokine, *Le Coq d'or*, sur une musique de Rimski-Korsakov, me dit, en rentrant du théâtre :

— Le public était comme fou ! Les gens

hurlaient : Vive la Russie ! Vive la France ! Vive Nicolas II ! Vraiment, à partir d'aujourd'hui, la France et la Russie ne font qu'un !

Aussitôt après, l'Autriche attaquait la Serbie et, par le jeu des alliances, l'Allemagne, la France, l'Angleterre, la Russie se trouvaient inéluctablement impliquées dans le conflit. En lisant ces nouvelles menaçantes dans les journaux, je suppliais Boris de n'en pas tenir compte. J'aurais voulu qu'il crût comme moi qu'il s'agissait d'une manœuvre d'intimidation de la part de Guillaume II et que, demain, des diplomates astucieux réconcilieraient tout le monde moyennant quelques vagues compensations territoriales. Mais Boris était obsédé par d'absurdes questions d'honneur viril. Il estimait ne pouvoir continuer à se goberger à l'étranger, alors que tous les Russes de son âge devaient s'attendre à être appelés sous les drapeaux. Il allait s'informer chaque jour à l'ambassade de Russie et en revenait de plus en plus soucieux. En apprenant, le 31 juillet 1914, l'assassinat du député socialiste français Jean Jaurès, il en fut aussi affecté que s'il s'était agi du meurtre d'un homme politique russe. En vain lui conseillai-je d'user des relations que Serge Diaghilev avait certainement dans les hautes sphères gouvernementales russes et françaises pour obtenir un sursis ou une réforme définitive ; il refusa de m'écouter et nous faillîmes nous disputer à ce sujet. Au moment de nos affrontements, je lui trouvais l'air froid et exalté d'un dément. Il ressemblait à Serge Legat, tel que je l'avais vu la veille de son suicide ; il parlait déjà de prendre son billet de train pour Saint-Pétersbourg, afin d'être sur place en cas de mobilisation générale. J'aurais pu le suivre en Russie, mais qu'y aurais-je fait, toute seule, s'il partait pour le front ? Je préférai demeurer à Paris. Ici, du moins, j'avais mon école, mes élèves. C'était presque ma patrie. D'ailleurs, de l'avis unanime, l'état de préparation des deux armées française et russe était tel que les hostilités ne devraient pas se prolonger au-delà de trois semaines. Après que la mobilisation générale eut été décrétée en Russie et en Autriche, l'Allemagne déclara la guerre à la Russie le 1er août et à la France le 3 août.

A cette date-là, Boris, gagné de vitesse par les événements, n'était pas encore parti. Mais lui, ce pur danseur, bouillait de rage belliqueuse. Le 21 août, il se présenta, avec une foule d'émigrés russes, sur l'esplanade des Invalides pour s'inscrire au bureau de recrutement des volontaires de l'armée française. Au dire des journaux, ils étaient neuf mille ; quatre mille furent jugés aptes et incorporés séance tenante. Parmi eux, Boris. Il fut d'abord envoyé, avec ses camarades, dans je ne sais quel camp militaire en Bretagne. De là, il m'écrivit de grandes lettres d'où il ressortait qu'il était heureux et fier de sa décision. Après deux mois d'instruction accélérée, on l'expédia sur le front. Je reçus encore quatre billets, griffonnés au crayon sur un vilain papier : il m'assurait qu'il ne manquait de rien et qu'il pensait à moi, à longueur de journée. Puis ce fut le silence. Je ne devais plus le revoir. J'appris avec beaucoup de retard qu'il était tombé à Vauquois, près de Verdun, dans la Meuse, au début de juin 1915. J'étais certes préparée à cette issue tragique. Pourtant, la nouvelle me pétrifia d'horreur. Comme si je n'avais pas tremblé depuis des mois pour la vie du seul homme qui m'avait tenue dans ses bras. Cette fois, ce n'était pas seulement mon esprit mais ma chair qui se révoltait. La moitié de l'Europe avait beau être à feu et à sang, les seules vraies victimes de cette boucherie, c'étaient Boris et moi. Je songeais à fuir un monde déboussolé, ou, en tout cas, la France. Mais pour aller où ? Je n'aurais pas été plus heureuse en Russie. Mieux valait rester sur place. Je fis dire une messe pour le repos de l'âme du « serviteur de Dieu, Boris Fedorovitch Khlebnikov », en l'église orthodoxe de la rue Daru. Tous mes élèves français assistèrent à la cérémonie. Même ce jour-là, je tins à donner ma leçon habituelle, dans le local de l'avenue Gourgaud. Marius Petipa m'aurait incitée à le faire par conscience professionnelle. Le soir, en quittant le studio, une de mes petites élèves me dit :

— Soyez fière, madame, il est mort pour la France !

Je la remerciai, alors que l'affectueuse absurdité de ces paroles me serrait le cœur. Je me demandai dans un éclair si Boris n'avait pas été puni pour avoir défendu une autre patrie que la sienne. Puis je me résignai. Les malheurs successifs m'avaient cuirassée. Au vrai, j'avais l'impression de vivre un second veuvage. Boris Khlebnikov m'avait révélé l'amour à trente-deux ans et Marius Petipa la danse à neuf ans. Ils étaient indissolublement liés dans mon souvenir. La guerre continuait. Le théâtre pour spectateurs embusqués faisait concurrence au théâtre des opérations militaires. Les divertissements de la scène aidaient les civils à supporter l'obsession des combats. J'avais même plus d'élèves qu'en temps de paix. Uniquement des filles. Des Françaises. Leurs âges s'étageaient entre neuf et quinze ans. Certaines d'entre elles avaient un père, un oncle, un frère sur le front. Elles lisaient religieusement les bulletins de l'armée dans la presse, mais, quand elles arrivaient au studio, elles n'avaient aucun scrupule à reprendre leurs exercices rituels à la barre. Les journaux affirmaient à qui mieux mieux qu'il était aussi important d'entretenir le moral des gens à l'arrière que d'exalter la pugnacité des soldats à l'avant. Tous les prétextes étaient bons pour offrir aux magiciens de l'art l'occasion de chasser des esprits, fût-ce pour quelques heures, la hantise des massacres quotidiens.

Le 29 décembre 1915, l'Opéra donna un gala au profit de la Croix-Rouge. Au programme : *L'Oiseau de feu*, de Stravinski, dans une chorégraphie de Fokine, avec Tamara Karsavina dans le rôle de l'Oiseau. J'assistai à la représentation. Ce fut un triomphe. De quoi faire oublier aux spectateurs les combats sanglants qui se poursuivaient en Artois, en Champagne, dans les Vosges. Les applaudissements de la salle saluaient à la fois les artistes russes sur la scène et les alliés russes sur le front. L'année suivante, pour la fête nationale française du 14 Juillet, qui était aussi — pouvais-je le méconnaître ? — l'anniversaire de la mort de Marius Petipa, les troupes du corps expéditionnaire russe en France participèrent au défilé des

Champs-Élysées et furent acclamées par la foule. Perdue dans la multitude, sur le trottoir, je battais des mains et criais avec les autres. Mes deux meilleures élèves, Simone Perruchol et Arlette Flutier, avaient tenu à me suivre. Pour les remercier de m'avoir accompagnée, je les ramenai au studio et leur donnai une leçon supplémentaire, en précisant que je ne la compterais pas à leurs parents.

Cependant, si à la lecture des journaux français je commençais à croire que l'Allemagne finirait par déposer les armes, les nouvelles de Russie me paraissaient de plus en plus alarmantes. Les pertes énormes subies par l'armée russe provoquaient des grèves à l'arrière, des désertions à l'avant, des émeutes dans les villes et des harangues incendiaires à la Douma. Après une série de scandales, l'assassinat de Raspoutine porta un coup fatal à la monarchie. Le trône vacillait. Même les généraux fidèles au tsar lui conseillaient de se démettre au profit de son frère, le grand-duc Michel. En apprenant l'abdication de Nicolas II, son départ des armées, son internement à Tsarskoïe Selo, la constitution d'un gouvernement provisoire suivie de la confiscation du pouvoir par les bolcheviks, avec Lénine à leur tête, je fus aussi abasourdie que si toute la Russie, avec ses palais, ses églises, ses cimetières, s'était effondrée sur mes épaules. Or, dans le Paris de la guerre, la vie artistique ne s'arrêtait pas pour autant. Vues d'ici, même la chute de Nicolas II et la métamorphose de l'Empire russe en une démocratie socialiste n'étaient que des péripéties politiques. L'abdication du tsar avait eu lieu le 15 mars 1917 et, deux mois plus tard, comme si de rien n'était, Diaghilev reprenait au théâtre du Châtelet un ballet cocasse créé six ans auparavant, *Petrouchka*. La représentation de cette « fantaisie » déchaîna une tempête de protestations et quelques cris d'enthousiasme. Pendant qu'en France on discutait de l'opportunité d'une exhibition aussi outrancière, les bolcheviks, animés par Lénine, entraient en pourparlers avec l'Allemagne. On disait que les nouveaux maîtres de Saint-Pétersbourg étaient prêts à trahir les Alliés. La signature par les bolcheviks de la paix séparée de Brest-Litovsk, en mars 1918, me fit l'effet d'une gifle retentissante. A dater de ce jour, il me sembla que mes jeunes élèves me considéraient d'un œil méfiant, comme si mes origines me rendaient complice de la honteuse volte-face de mes compatriotes. La petite Arlette Flutier osa susurrer un matin, en fuyant mon regard :

— Ce n'est pas bien ce que les Russes viennent de faire à la France en pleine guerre !

Je rougis comme prise en faute et rétorquai :

— Ce ne sont pas les Russes qui ont fait ça ! Ce sont les bolcheviks !

— Et les bolcheviks ne sont pas des Russes ?

— Ils l'étaient, ils ne le sont plus. En tout cas, je n'ai rien de commun avec eux !

Je croyais l'avoir convaincue et que nous allions pouvoir respirer à l'abri de la politique. Mais les événements s'emballaient ; coup sur coup, ce furent le transfert du tsar en Sibérie, sa relégation à Tobolsk, puis à Iekaterinbourg, les premiers combats livrés par les volontaires blancs contre l'Armée rouge, les alternatives d'espoir fou et de consternation rageuse, enfin le massacre de la famille impériale par les sbires du gouvernement soviétique. Comme tous les émigrés russes de France, je ressentis, devant un tel drame, l'impression d'avoir été amputée de mon vivant. Je sus aussi, à l'instant, qu'aucune « prothèse morale » ne m'aiderait jamais à supporter cette infirmité. Le 11 novembre, la signature de l'armistice fut saluée par une explosion de joie en France. Toutefois, ne pouvant partager pleinement cette fête, j'en gardai au cœur l'amère notion d'une tricherie. Le 14 juillet 1919, la Légion russe, qui s'était battue aux côtés de l'armée française jusqu'à la fin de la guerre, malgré la honteuse capitulation de Brest-Litovsk, ne fut pas admise à défiler avec les Alliés pour la célébration de la victoire. Or — détail surprenant —, si les Français reprochaient à la Russie de les avoir lâchés à un moment crucial, ils continuaient à honorer les artistes russes qui les avaient divertis tout au long de la tourmente.

Émigrée en 1920, Mathilde Kschessinskaïa, décidément très attachée à la famille impériale, épousait, l'année suivante, le grand-duc André Vladimirovitch, cousin de feu Nicolas II. Je la vis à cette occasion. Nos sourdes dissensions de jadis étaient bien oubliées. Magnanime, elle m'encouragea à persévérer dans mon enseignement de la danse classique et m'envoya quelques jeunes élèves russes qui tous appartenaient à la nouvelle vague des familles chassées de chez elles par la révolution bolchevique. Monarchistes, libéraux, sceptiques ou opportunistes, la plupart de ces proscrits de la seconde fournée vivaient avec l'espoir d'un prompt retour dans une patrie enfin débarrassée de la canaille rouge. Chaque jour, je me rapprochais un peu plus de cette petite société d'exilés nostalgiques. Moi qui allais rarement à la messe à Saint-Pétersbourg, je me précipitais tous les dimanches matin à l'église orthodoxe de la rue Daru, moins pour prier que pour entendre parler autour de moi la langue de mon pays. Ce pays que je pensais déjà avoir perdu, je compris que je le perdais définitivement lorsque j'appris, à la fin de décembre 1922, que, par la volonté des bolcheviks, la merveilleuse, la légendaire Sainte Russie allait changer de nom pour s'appeler de quatre initiales absurdes, U.R.S.S., sans aucune résonance ni historique ni sentimentale. Et les journaux parisiens ne voyaient rien de scandaleux dans cet affreux baptême laïque ! Délaissant la presse française qui m'avait déçue, je m'abonnai au quotidien russe de Paris, *Les Dernières Nouvelles*, de tendance libérale, afin de me tenir au courant de ce qui se passait aussi bien en Russie qu'en France. Plus tard, je complétai mon information grâce à une autre gazette russe, *La Renaissance*, orientée à droite celle-là. Quand je lisais ces journaux, je me croyais foncièrement russe. Quand je jetais un regard par la fenêtre, je revenais en France. Et ce perpétuel va-et-vient ne m'était pas désagréable. Je finis par admettre que le dilemme auquel j'étais soumise m'accompagnerait jusqu'à mon dernier souffle. En vérité, ma patrie, ce n'était ni la Russie que j'avais quittée de mon plein gré, ni la France où je vivais depuis plus de dix ans, mais un pays irréel, sans frontières, sans traditions et sans avenir : l'émigration.

A dater de 1926, Serge Diaghilev donna ballet sur ballet, toujours avec le même brio, au théâtre Sarah-Bernhardt [1], mais ce fut au théâtre de l'Opéra qu'il créa le « ballet soviétique » *Le Pas d'acier*, sur une musique de Serge Prokofiev et une chorégraphie de Léonide Massine, avec, dans le rôle principal, un jeune danseur, Serge Lifar, qui me transporta par ses prouesses. Néanmoins, tout en applaudissant ce nouveau coryphée, je lui reprochais mentalement de prêter son talent à une œuvre née sous le régime exécré de Lénine. L'année suivante, Serge Diaghilev, ayant achevé une saison époustouflante à Paris, partait pour Londres, charmait les Anglais à Covent Garden, puis regagnait Venise, sa ville de prédilection. Il devait y mourir peu après, en juillet 1929. Selon son vœu, il fut enterré là-bas, au cimetière Sainte-Marguerite. Quelle drôle d'idée ! A sa place, pensais-je, j'aurais choisi la France ! Pendant quelque temps, je crus que la disparition de Serge Diaghilev allait nuire à l'engouement des Français pour l'art chorégraphique. Mais, très vite, je m'aperçus que la passion de la danse pouvait survivre à ses plus éminents serviteurs.

Je viens d'avoir cinquante-six ans. Je sais que je n'aurai plus l'occasion de remonter sur les

1. Aujourd'hui Théâtre de la Ville.

planches. Et cependant, j'ai la conviction inaltérable que je n'ai pas terminé ma mission. Ce réconfort me visite chaque fois que je me retrouve avec mes élèves dans le studio banal et poussiéreux de l'avenue Gourgaud. Tandis que je me tiens debout, dans une attitude magistrale, à côté de mon vieux pianiste russe, Savva Nikolenko, qui tape sur son clavier, une griserie de jeunesse s'empare de moi. Je m'émerveille de régner, à mon âge, sur cette cinquantaine de filles et de garçons de toute nationalité : des Russes, des Polonais, des Italiens, des Français... Comme ils sont très divers dans leurs aptitudes et dans leurs connaissances chorégraphiques, je les ai répartis en plusieurs cours, qui ont lieu à des heures différentes, mais toujours dans le même studio. Il y a la classe des débutants, celle des sujets déjà un peu dégourdis, celle des danseurs confirmés. Je varie mon enseignement d'un groupe à l'autre. J'ai même, en fin de journée, quelques ballerines qui viennent s'entraîner sous ma direction. Toutes et tous m'écoutent comme si j'étais Marius Petipa en personne. Je mesure la chance que j'ai de pouvoir leur parler de lui, de leur transmettre le secret de son art et de les aider à perfectionner les mouvements dans la grande tradition classique. La pièce sent, comme autrefois à Saint-Pétersbourg, la cire, la colophane, la sueur des jeunes peaux échauffées. C'est mon air nourricier. Celui sans lequel je mourrais d'inanition. Je scande la mesure d'une voix ferme et frappe le sol avec ma canne ainsi que je l'ai vu faire à mes maîtres successifs. En agissant de la sorte, je songe avec gratitude que j'ai rejoint leur lignée et que, si je ne participe plus à la création d'aucun spectacle devant le public, je favorise, chez des néophytes, la naissance d'une passion. Tant que j'éprouverai le sentiment de mon utilité dans cette obscure besogne, je ne démissionnerai pas.

Hier, j'ai décidé de monter une représentation pour initier mes élèves aux lois élémentaires de la scène. Les parents à qui j'ai fait part de mon projet s'en sont réjouis et ont résolu de m'aider financièrement à le mettre sur pied. J'ai découvert, à deux pas de l'avenue Gourgaud, une salle très convenable, le « Centre de conférences et de documentation des Industries navales », que j'ai pu louer pour pas cher. Elle comporte une estrade, des dégagements qui serviront de coulisses et tout un assortiment de chaises pour le public. Fokine a promis de me fournir des éléments de décor. J'ai déjà choisi le programme. Ce sera le premier acte de *La Belle au bois dormant*. J'en connais la chorégraphie dans les moindres détails. Bien entendu, je l'adapterai à la capacité de mes élèves. Je pense que la petite Arlette Flutier sera très bien dans le rôle de la princesse Aurore et que le jeune Vania Skorbine fera un prince Désiré acceptable. Nous nous sommes tous mis au travail dans l'enthousiasme. J'étais assez contente de ma troupe. Pas d'étincelles, mais une louable application. Et voici que, deux semaines avant le grand jour, notre « étoile », Arlette Flutier, se tord la cheville en se recevant maladroitement après un saut. Rien de grave. Mais elle risque d'être trop handicapée pour tenir son rôle à la date prévue. Le médecin lui a ordonné le repos absolu pendant dix jours et prescrit des massages à base d'embrocation. Arlette a treize ans. Elle est à peine jolie, avec un long visage chevalin aux sourcils épais et à la bouche large et fraîche. Je l'aime bien. Peut-être est-elle pour moi la fille que je n'ai pas eue ? Mais ce n'est nullement un regret dans mon esprit. A peine un nuage passager sur un plat paysage de sagesse. La mésaventure d'Arlette m'attriste autant qu'elle-même. Hier, comme elle pleurait, je lui ai fait cadeau des chaussons que je portais lorsque j'ai dansé le Chaperon rouge dans *La Belle au bois dormant*. Je les avais gardés à titre de souvenir, ou plutôt de talisman. En recevant ce « porte-bonheur », elle a redoublé de sanglots et m'a embrassée. Or je sais être réaliste, quand les circonstances l'exigent. A tout hasard, j'ai fait répéter les pas de la princesse Aurore à Jeanine Pertuis. Certes, une doublure ne peut être qu'un pis-aller, mais il était trop tard pour décommander la soirée. Six jours avant la date fatidique, nouveau coup de théâtre : Arlette Flutier m'annonça que sa cheville était guérie. Le médecin le confirma. Je mis la convalescente à l'épreuve et fus moi-même convaincue. Le spectacle eut lieu comme prévu, avec Arlette en tête de distribution. Tout se déroula sans anicroche. Les enfants furent applaudis par des parents fiers des exploits de leur progéniture. Je récoltai moi-même beaucoup de compliments.

Cette réussite m'a donné l'envie de renouveler l'expérience avec mes élèves. L'année prochaine, je leur ferai danser *Casse-Noisette*. Là encore, le souvenir de Marius Petipa m'aidera à monter un spectacle décent, malgré la piètre qualité des interprètes. De nouveau, à peine avertis du projet, garçons et filles exultent. Ils étaient des débutants, ils se figurent être devenus des professionnels. Je suis d'ailleurs aussi impatiente qu'eux d'affronter le public, fût-il uniquement composé de parents et d'amis. Une fois de plus, je me contenterai du très vétuste Centre de conférences et de documentation des Industries navales pour servir de cadre aux évolutions de mes danseuses et danseurs en herbe. Mais, lors de notre précédente petite fête, j'ai pu constater que les spectateurs étaient assis à l'étroit, au coude à coude. Faute de place, certains avaient même dû rester debout. Je me suis entendue avec la direction du Centre : on ajoutera deux rangs de chaises dans le fond de la salle. Je crois avoir mis toutes les chances de mon côté. Je me suis fait confectionner une robe très élégante pour l'occasion. Pourvu que tout se passe bien ! Je croise les doigts. Je veux me persuader qu'à tout âge la vie réserve d'éblouissantes surprises à ceux qui croient en elle et s'obstinent à travailler comme si la fatigue, la vieillesse et la mort, c'était pour les autres.

IMP. BUSSIÈRE À SAINT-AMAND (CHER) – (AVRIL 2001)
DÉPOT LÉGAL : MAI 2001. – N° 12497.